过一条马路到对面并不难，

走过去就可以了。

但有些人，为了过马路，

可能要走很长的一段路，

绕过很多弯路，

才能够到达马路对面。

平凡如我们，

拥有一颗相信心想事成的心去过余生，

不用轰轰烈烈，

只要细水长流，

阳光静好。

美丽是上帝赐予女性的礼物，
女性可以是温柔、细腻的，
也可以是坚强、勇敢的。

如果这是一场旅程，

记忆也许是最轻和最重的行李。

如果目标是
地平线
那么留给世界的
只能是背影

谢谢你曾经的温柔相待，

真心相爱，

足以相慰每个相忘于江湖的日子。

一些美丽，

是需要时间来等待绽放的。

每个漆黑的夜，
都愿你能找到回家的路，
并有家可回。

愿你能做自己
并坦然欢喜

苏小扬⊙著

九州出版社
JIUZHOUPRESS

目录

姑娘，请不要再绑架自己

前几天和一个姑娘吃饭，吃到一半，她问我怎么办，我说什么怎么办。她说我已经 23 岁了，怎么办，好害怕自己老了。我白了她一眼，问她是不是今天忘记吃药了。

再前一阵子，一帮同学聚会唱歌，许久未见，来了 12 个人，里面有 8 个女孩子，其中 7 个单身。有一堆女孩子时，自然要聊起感情大事。已经准备明年和男朋友结婚的女生问其他单身的女生："你们不着急吗？都 25 岁了，你们还单着，不害怕吗？怎么还没有男朋友？过两年就老了……"听到一半，我起身走开，默默地把我要唱的歌给顶了上去。

你有没有发现 25 岁变成一道分水岭？在这一年，所有的人与事都在提醒你，你的身体机能在 25 岁到达了一个顶峰，之后你将会记忆力下降，熬不了夜，走向年老色衰的不归路。而 25 岁还没有男朋友的女青年将被列入"大龄剩女"的队列，你父母你亲戚你朋友将比你还要担心你是不是会嫁不出去。于是，25 岁的姑娘们，哦，不，或者更年轻的 20 岁出头的姑娘们，都已经在相亲找男朋友的路上前赴后继地往前冲了。

从小到大，我们的生活都和每个年龄段绑在一起。有句话是"什么样的年龄就应该做什么样的事"，所以上小学，读完六年小学考初中，读完三年初中读高中，读完高中考大学，读完大学就要找工作，每一年都跟着下一年，不能停，因为害怕一停下来就输给了别人。为什么如果你大学毕业两年还没有结婚，就会成为七大姑八大姨的重点关注对象，因为你没有跟上节奏。

当然，亲戚们拿年龄来“压迫”你，也许可能因为他们曾经的人生轨迹就是如此，他们接受不了不一样的生活。可是，姑娘们，为什么你要拿年龄来绑架自己？明明你那么漂亮，又那么优秀，仅仅因为年龄，你要如此着急，如此害怕，好像急于脱手的产品！在25岁前把自己嫁出去，就能保证你过得开心与幸福吗？

想起我的一个朋友，24岁时认识了一个男孩子，当时家里催得很急，她其实也很想结婚，于是在认识这个男孩子不到半年的时候就结了婚。谁料结婚后没多久，才发现老公嗜赌成性，而婆婆并不像一开始表现得那么好相处。后来，婚姻生活可想而知，并不幸福，而这时候，她的娘家人都和她说，孩子，这就是你的命，你认吧。于是，她就默默地维护好小家，现在已经是两个孩子的妈妈了。她曾经那么温柔的脸庞，如今却带着一丝逆来顺受的意味。

这就像一场可怕的绑架，以性别，以年龄，以命运。从小到大，身边的人给予的绑架还少吗？诸如此类：“女孩子的理科没有男孩子好，数学肯定学不好的啦！”“选科目时不要选理科啦，你们学不过男孩子的。”“二十几岁就赶紧找个人嫁了吧，不要那么高眼光挑来挑去的，过几年你就没得挑了。”“结婚后过得不好？没办法，你就认了吧，这是命啊！把孩子带好就好了。”

大多数时候我们就在这样类似的环境与舆论中长大。环境如此，我们不能改变，而很多姑娘也就这样被改变了。她们也认同这样的观点与价值观，然后就开始绑架自己，将自己着急地绑进每一段生活里。未来，她们也可能这样绑架自己的孩子。有一天姑娘们也将变成她们曾经深恶痛绝、别人讨厌的七大姑八大姨。

《重返 20 岁》里，70 岁的老奶奶沈梦君回到 20 岁，变成孟丽君，而且一下子俘获了老中青三代男神的心。我相信如果只是 20 岁的沈梦君，可能只能俘获小鲜肉鹿晗了。而经历过丈夫离世的伤痛，独自带大孩子的艰辛，以及这个严霜世界的不善意，沈梦君有了自己的一套人生哲学，她坚强又不放弃爱美，所以才能说出“有时候我们只是需要点时间来适应黑暗”这样的话。岁月和经历能让人更美，而且是不易逝的美。

一个人，若没有经历，若没有沉淀，哪来的智慧与美丽？有些事，必然是要到一定年龄和阅历才可能懂得。而一些美丽，也需要时间来等待绽放的。所以，姑娘们，何必自己绑架自己呢？不是你年纪大就丑了，就没人要了。你又不是东西，不是让人来拣的。而且，你看林志玲，40 岁她还能带着娃娃音，娇嗲地告诉你“每个年龄都有每个年龄的美”。这也是实话，不是吗？

如果你非要觉得25岁的自己就青春不再了，如果你非要认为25岁没有结婚就很失败，那姑娘，除了重塑你的价值观外，其他解救你的方法就只有让你自己在25岁前结了婚。可是，估计就算结了婚，也不能阻止你绑架自己，因为年龄、命运一直在那儿。你遇到好的、不好的，都可以用这些理由来绑架自己。

希望所有的姑娘都不必被他人以这些理由绑架自己的人生，更希望所有的姑娘都不会以这样的理由将自己绑架成一个不可爱的人。

姑娘，你受到了歧视但不自知

知乎上之前有个问题："作为一名生活在中国的女性，你在何种情景下感受到了歧视？"

许多网友回复了自己的经历，从小时候读书时遭遇的不公平，例如，被认为女生不能读好理科，到长大后工作时遭遇只招男性的条款，或把女性当成公司福利，再到被社会舆论认为青春短暂，过了25岁就嫁不出去，男人才有资格挑。更有甚者，家人因担心姑娘年纪大嫁不出去，劝她原谅婚前就出轨的男友并和他结婚。

看到这一连串的回答，作为一名女性，我觉得，真的，这些事真的离我们很近。所幸，我从小生活在一个开明有爱的家庭环境中，但这不意味着没有遇到过或听说过类似的事。而可怕的是，很多人，特别是女孩子都能接受这样的事。

我不禁想起我读小学时，多是女孩子名列前茅，但有一次竟然听几个班的老师在聊天时说现在低年级是女孩子成绩好，因为她们乖嘛。男孩子调皮，到高年级就是男孩子考得好。将来上了高中，一般都是男生读得好。

当时还读一二年级的我听得懵懵懂懂，差点把老师的话当圣旨。但从小学到高中，这样的声音不绝于耳。不知道有多少姑娘因为听多了女生读不好理科的言论而选择了读文科。后来上高中时，就有很多文科女生对理科女生不解，为什么要选男生读得比你们好的专业？好吧，我也很想撬开每个人的大脑，想知道是不是真的男生头脑比较发达。也许男女思维着重点有差异，但并不能说明女生在某方面就一定比男生差。

当然，这真的只是很普遍又很小的一种歧视。学理还是学文，并不能真正左右你的人生。依然有很多女孩子可以去选自己喜欢的专业，并做得相当出色。而严重的歧视，带来的可能是一生挥之不去的阴影。

以前宿舍夜聊时，有女孩讲起年幼时因为是女孩，家族集体照相时被祖父叫去一边，不得入镜。十几年过去，说起这些事，女孩心中仍有怨气，也哭个不停。她说自己从小就发誓要比哥哥弟弟做得更好。事实上，她也确实比她的兄弟们出色多了。从小一路拿奖学金，研究生毕业后在一家外企工作，年纪轻轻就已做了部门的主管，在所有人眼里是个漂亮又有能力的好姑娘。

但这一切依然扭转不了她在家庭中受到的歧视。因为在她的长辈眼里，25 岁还没结婚生子的女人就是不折不扣的失败者。其实她也不乏追求者，只是没遇到自己动心的。她说，每年过年回家，祖父母和父母常用失望的眼神看着她，并和别的亲戚说：“她就一直那么挑，现在都 27 了，还不找个人嫁了，在外面工作有什么用，女人还是找个男人靠谱。”

不过谈到这些的最后，她都会甩甩头发，笑着说：“反正不管我做得多好，只要我没嫁人生子，都是异数、失败者，那我还是做自己喜欢的吧。”

也许这姑娘从小遭遇到的轻视，已让她足以抵挡如今不公正的批评。但难过的是，很多姑娘从小接受这样的观点与思想，并不曾认识到这是对自己的歧视，反而认为是理所当然。

刚工作时遇到一位女老板，和她闲聊谈起似乎女人青春短暂，再过几十年同学聚会时，当年的男同学可能长得还差不多，女人却可能显老得多。谁料年近四十的她，双手很不屑地一挥："这都要看你自己的，你看我，我们同学聚会时，那些男同学很多都是啤酒肚，要么就发福。可是我们女人，你自己注意保养，心态年轻，哪里会显老？”看着她，身姿苗条似少女，虽眼角有鱼尾纹，但笑容自信、美丽。

听她说完，我有点莞尔。我一直以为自己能很好地分辨舆论而不受影响，但没想到其实很多观点已经对我潜移默化了。你遇到什么样的人和事，就会影响你成为什么样的人。当我们生活中常常都是这样对女性进行不公平的定义时，女性听多了自己也可能深以为然。

如果你工作上进努力，就会有人说你不必这么努力，女人干得好不如嫁得好。如果你有想法有主见，他们说你这样太强势了，女人要示弱点才好。假如你能修得了马桶换得了灯泡，就有人说你真是女汉子。这难道不是人基本的生存技能吗？

所以许多女孩子，据说连瓶盖都拧不开，说话永远软声软气，不笨但在男朋友面前也要装傻，工作只求稳定、清闲。只有极少数女性能在高级管理层占据一席之地，可是却被社会普遍认为是女性能力不足，不能兼顾家庭与事业导致的。男人却怨天尤人说现在的女人太现实，结婚都要买房。如果女人个个事业有成，买得起房，怕这时候人们又会说这女人太强势，谁受得了！对女性的不平等看待，亦是对男性强加了太多不平等的压力。

曾在网上看过一个视频，志愿者们被要求表现得像个女孩，如像女孩一样跑步，像女孩一样打架……于是一开始，所有志愿者，不论男女，都表现得柔弱、无力，甚至有点做作。但当测试官让那些还没到青春期的小女孩表现得像个女孩时，她们很拼，尽自己最大的努力。后来，测试官问大家：什么时候开始“像个女孩一样”这句话变得这么丢脸？“像个女孩”是一件耻辱的事吗？所有人恍然大悟，从什么时候起我们这样不公平地看待女性，看待自己了呢？年幼的时候不会，怎么长大了却对女性形成这样的偏见呢？

像女孩一样并不是一件羞耻的事。美丽是上帝赐予女性的礼物，女性可以是温柔、细腻的，也可以是坚强、勇敢的。女性并不意味着就是弱者。是社会，一直在塑造“女性是弱者”的形象，认定女性必须有所依靠才能生存，女性是要有所依附的生物。从古代的三从四德到如今的“女性是弱者”，其实都是一脉相承的观点。对女性的偏见与歧视，有所减轻，但质都一样。

仅希望有一天，当一个女孩工作出色有能力时，上司不会以她要结婚生子或她是女性的理由拒绝让她升职。当一个女人的老公出轨，家里人会劝她找寻幸福，而不是认为她离婚就是被抛弃的人，会让家族蒙羞。当女性能够依靠自己的能力过上想要的生活时，不必被他人认为这是强势、女汉子。也许，谈所谓的男女平等才有意义。

但，第一步要从每个亲爱的姑娘做起，不再去接受那些一直是“真理”，但实际是对女性存在偏见的观点。姑娘们，别再受到歧视而不自知，甚至把那些当作自己的信条。先破解对偏见的依赖，才有可能谈态度和自我。

心想事成的姑娘是什么样

晚上八点多，手机突然“叮叮叮”狂响了几十下，一打开，原来是小园姑娘发来的一大堆照片，全是她的婚纱照。我一张张地滑过，中式的、欧式的，端庄的、甜美的，每一张不变的是她的笑容，眼睛有点弯，浅浅的笑，却率真可爱，像她平时笑起来一样。幸福真的都是写在脸上的。还没看完照片，手机又响了，小园又加了一句话：“我终于要把自己嫁出去啦！嫁给我帅气的王子喽！刚出来的照片，你快看看哪！”

真是心急的丫头。“大姐，你发这么几百张，也要让我慢慢看，慢慢欣赏啊！”

“好咯！是不是被我漂亮、端庄、大气、典雅的气质给迷得久久不能移开？嘻嘻……快祝福我嘛……”

要是别人这样说，可能会被说太作或者太自恋，但是对于小园，我只觉得蛮自然率真的。一直这样就好，而且她也值得这样的幸福。

小园是我的高中同学。她当时留着齐刘海、长直发，戴着个眼镜，脸圆圆的，似乎安安静静的（只是似乎）。一开始我并没有注意到她，后来有一天我在路上捡到一个校章，一看是班上的同学，可是那照片好像和人对不上。后来拿去还给她时，我问她："那照片是你吗？"

小园低头看了下照片："是啊，怎么不像吗？"

我说："好像小孩子，你贴的啊？你还没穿校服啊……"

话刚说完，小园就趴在桌子上一个劲儿地笑："哈哈哈哈哈哈，真是我贴的，我小学的照片，你好聪明啊，哈哈……"

我无语地看着笑作一团的她，这姑娘笑点还真低，而且奇怪。"好明显好吗！而且你现在比较胖耶，圆圆的，哈哈哈……"

"啊……你说我胖！"小园突然抄起桌上的书拍了我一下。

就这样，我和小园熟悉了，成了好朋友，我给她取了个名字叫小圆，但因为她一直抗议，后来变成小园，也成为全班人都喊的名字，深入人心。

小园有句座右铭，是"心想事成"，她说你心里想什么，最后都会达成的。高中的时候，大家都背负着升学的压力，特别是到了高三，但是只有小园是笑得最没心没肺的那个。她总是跟我说，心想事成是一定有的，我开始也不相信，但后来我发现真的是有这么一回事。

她想考个师范，说想以后做老师，工作安稳又有假期，然后要找个帅气又疼她的老公，生一两个小孩，过幸福的小日子，这样就好。而事实也确实就是这么发展的。所以，她让我觉得，"心想事成"这事还是有的，不用争不用抢，好好对待生活，过好每一天，你心里想要的，自然会来的。

大学时，小园说自己要过得更开心，要在大学里谈个恋爱。她好像潜力大爆发，不再做个安静的女子，跑去玩了一堆社团，什么舞蹈、跆拳道、轮滑等。陆陆续续也有好几个人追她。但她都不喜欢，总是和我说不够帅，每一次都要被我鄙视太肤浅。

后来突然有一天发现院篮球队里有个帅哥，原来是高中隔壁班上的，她惊觉自己以前是不是眼瞎了。于是在一个秋天下雨的夜晚，打了一通电话和我滔滔不绝地讲她少女心的波荡起伏后，决定向这位大帅哥展开猛烈的攻势。

然而大帅哥一开始也没有怎么理会她，可能见多了小女孩的花痴眼神和尖叫声吧。在经历了半年多的倒追后，小园心想可能没用了，准备放弃。谁知道这个时候，大帅哥自己掉过头来追她，又是送花又是做早餐，小园也就乐呵呵地接受了。

一开始也有很多人不看好他们，帅哥应该是比较花心吧。谁知道，他们大学四年一直在一起，毕业了就一起回家乡。每次我问大帅哥为什么后来又来追小园时，他总是笑嘻嘻地说因为小园漂亮啊。然后小园就在旁边得意地笑成一朵花。真是最嘚瑟的秀恩爱啊。不过，答案重要吗？不重要，因为看到他们现在幸福的样子就是最好的答案。

从回忆中拉回思绪，我回她："小园同学，我手机被你超凡脱俗的气质给震慑得快死机了，刚才一阵狂震狂响，我都以为它要傻了。"

"哈哈，没办法，姑娘我就是这么有气质啦。"

“你这个不要脸的家伙。这样就很好，美美哒。你说得对，心想事成，都会心想事成的。”

叮叮，小园回复说：“是的，我一直都觉得我是个幸运的人，因为我心里想要的，最后都会自然而然来的。心想事成，我们都是哦！”“哈哈，今晚看着照片一直在笑，我家大帅哥说我笑得很傻。”

可以想见，这姑娘对着手机屏幕傻笑的样子，不倾国倾城，却让你总忍不住跟着笑。这也是她的魅力之一，总能把一件明明不好笑的事弄成好笑的事，让大家因为她的笑而跟着笑。

有时说相由心生，也是这个道理，比如你总觉得命运对你不公，总是一副苦瓜脸，本来有人想给你机会，可能就没有给，结果你又觉得自己遇到了不公平的对待。而小园，她相信自己是个幸运的人，她相信生活都会心想事成，她会为一件小事而开心，会为生活里很多事而心存感恩。这样的姑娘，就像个小太阳，她散发出温暖的光，自然地，温暖也会靠近她。

平凡如我们，生活不过是由一些小事组成。拥有一颗相信心想事成的心去过余生，不用轰轰烈烈，只要细水长流，阳光静好。

岁月不可回头，人生从未毕业

炎热的夏天，瞥到一群学生仔欢乐地放学。突然，回忆就像小鸭子一样“扑腾扑腾”地跳出来。

记得那一年，也是这个让人热得绝望的季节，我从学校搬出来，三四个大学同学帮我一起拎着大箱小包，艰难地穿梭过那条拥挤的小巷子。后来，在那间狭小的出租屋里，我们都累瘫了。因为没有凳子，地上又太脏，只好坐在一摞摞的书上。而我印象最深刻的是那一碗三个人吃的面。当时都饿死了，却全都累得不想下楼去买吃的，最后竟然在我那堆行李中找到一包不知何年何月买的方便面，就赶紧泡了，总共只有两双筷子，最后三个人就用了两双筷子吃了一碗面。我们还边吃边打趣道，这是同吃一碗面的情谊。至今看到那张照片，我都想笑。窘迫的日子里，却总是有它好玩的地方。

最后一晚回学校，我神奇的室友收拾了宿舍里面所有有用的东西，分给每个人带走。而我，竟然分到一把水果刀。我对室友说：“我带着刀怎么上地铁？”她竟然用条毛巾把水果刀全都包起来，塞进那一堆杂物袋子里，神情轻快地说：“这样就看不到啦！能用就带走啦，就当带点四年的回忆。”最后我就这样提着一把水果刀上了地铁。我那时心里只在想，为什么到最后，我的神奇室友还要再坑我一把？幸好最后没有被拦在地铁外，不然我一定打死她。

那个在学校的最后一晚，大家躺在操场上唱歌，大喊“以天为被，以地为床”。在一片漆黑中，只有远处的教学楼透着微光，有很多跑步的身影，和过去每一个夜晚一样，但那应该就是最后一次我们一起在那里了。那时觉得毕业了，我们终于冲进风风火火的未来，殊不知不过是跳进一个更深的坑。

岁月不可回头，毕业后，我也甚少回到学校去看。因为在我看来，一旦离开，那里便不再属于我，我记忆里的那些地方，只是在另外一个平行世界里存在。

但人生从未毕业，也曾在某个夜晚，扪心自问，自己改变了什么，有什么好的变化吗？离开学校，才有更多要成长的地方，才更明白自己有多少不足。

毕业半年后的一次小聚，三个好朋友几乎没停地谈了近24个小时，从天亮讲到天黑又讲到天亮。具体聊了什么内容，今天已经忘得差不多了，无外乎是毕业前的怅然，毕业后经历的一连串挣扎与思考。那天聊完后，我好像得到武林秘籍一样，打通了奇经八脉，醍醐灌顶。每个人都在独立成长，你所经历的，必然有人和你有共鸣，只是，这种感觉，说不明白时，不如不说。

看电影《致青春》时，在表述时间过去五年的镜头后，是郑薇穿着职业装，一脸怒气地甩了文件给下属的场景。那个扎着两根辫子，穿着背带裤，在舞台上又唱又跳的小姑娘，可能再也不会重现了。不只是受过伤，而是岁月已雕刻了她的性情。

而在那次倾谈后，我再也很少和谁这么透彻地聊过生活和对自己的审视了。慢慢地发现，路越走越远，心路历程却越难表达。偶尔开了个头，却很难再接下去。有些心情，只能独自品味。终究要懂得从“为赋新词强说愁”到“却道天凉好个秋”的过程。

如果这是一场旅程，记忆也许是最轻和最重的行李。幸福是总有些人和事让你想起时忍不住偷笑。不担心岁月不可回头，而是珍惜从未毕业、一直前行的人生。花开时节再逢君，可能你我都已改变，但弥漫在你我空气之中的那种称之为感情、回忆或者什么的东西，不会变就好了。

温柔相待的你，终究相忘于江湖

闷热的夏天，早晨的公交车上站满了人，单手扶杆的人们好像一只只长臂猿，拥挤的车厢里弥漫着汗水味和周一不耐烦的心情。

站在我旁边的是个穿着白衬衫、剪了平头的男孩子，他正在玩手机。车刚过了一站，看到他把黑色的手机握到耳边：

“喂……对啊，我在车左边，靠左啊……”

“是啊，在左边。”

“在后面啦。”

“我站在后门那儿的左边。”

我心想，是车上有熟人在找他吗？可是他并没有往四处看啊。

又听到他说：“你往右边看，要等一下吧。”

右边？什么意思呢？我也把头往右扭了一下，可只看到旁边人的后背。

车又停了一个站，接着继续往前开。

那个男孩子又说：“追上来了，快到那个路口了，往右边看，我看到啦。”语气轻快。

这时，车刚行进到一个三岔路口，窗口快速掠过另一辆红色的公交车，往左边的路口开去，我们的车则开往右边。

男孩子又说："好啦，看到了吧。嗯，那好好工作，乖。"说完挂了电话开始玩手机。

原来如此，我不禁失笑。那应该是女朋友吧，竟然要相约在两辆行驶的公交车上碰面。幼稚，可是竟然蛮可爱的。

突然脑海里就浮现了一个词：温柔相待。然后我就想起了若干年前的一件事。

那一年读大学时，一帮朋友一起去倒数，倒数完后没有车可以回去，广场上满满的都是人。大家就说今晚不回去了，挤在一个角落里嬉闹玩耍。

后来，你和我悄悄躲开了众人。两个人在附近的马路上一圈圈绕着走，走了一夜，聊了一宿，竟丝毫不觉得困，就那样一起看着天空从黑色变成墨蓝、宝蓝、浅蓝，再到发白。

我还记得那天晚上你轻唱的那句歌词——有没有那么一种永远，永远不改变；还记得我们在大马路上玩"123 木头人"，你老是输，经常我一回头就看见你还在乱动；还记得你谈起过往的难过时眼睛忍不住泛着光……

可是，我们现在各自散天涯，再也不曾看过黎明的天。

人们总是说有些人是陪你走一段路的，走完这段路你们就要分开了。二十出头的你，老朋友的相簿里必定也有过一些人，曾经相逢那么美好，最终却形同陌路。曾经与你温柔相待，可是终究有一天，我们相忘于江湖。

年幼时的玩伴，也曾在雨天一直等对方，只是为了一起去买张贺卡。后来有一天，你先毕业去打工了。开始你和我抱怨被老员工欺负，工资总是不够花，我还能帮你一起骂骂那些欺负你的人。可是后来你和我说的工作，我都不懂，而我因为升学的压力而着急，你也不能理解，你说大不了就不读嘛，和你一起打工就好了，可你的生活并不是我想要的。再后来，我们一年就见一两次面，知道彼此人生的所有进展，可是却无法参与。

曾经机缘巧合偶遇的朋友，一见如故，相谈甚欢。虽然不在同一个城市，却也几乎天天聊天，互相倾诉生活的不愉快，探讨爱好的事物。那个时候还要写长长的信，从天文讲到地理，从艺术谈到鸡毛蒜皮。每周最开心的事，就是等到来信，用手轻轻撕开封口，取出那一张张写满字的纸，先从头快速地扫一遍，又再抠字眼地读第二遍，再叠成原样放回信封，晚上再边看边写回信，自己还不时咬着笔杆傻笑。可是，谁也不曾记得是从什么时候开始，不再有那么多话说。你的问题，我没有办法帮忙解决，而我的困境，你也很难感同身受。慢慢地，我们就不再经常联系了，仿佛在两个平行世界里。

有一次收拾东西，看到一抽屉的贺卡、信件、明信片，各个时期的毕业照。看到多年前，那个谁谁谁毕业前送的小公仔还呆萌如初，那个谁谁谁曾经每去一个地方就给我寄一张明信片，上面的字迹还很清晰。可是我们终究散落天涯，相忘于江湖。再也不能一起看风景，再也不能相对而坐谈笑风生了。

为何曾经温柔相待的你，终究是相忘于江湖？是我们太过健忘，还是时间太无情？也许，都不是。

我想，可能是我们都像在雕刻雕像一样雕刻自我，每个人都有自己最想成为的样子，而周遭经历的一切都影响了我们的判断和选取。每一次的靠近，除了你们属性相近，也可能是对方身上有你想拥有却没有的特质。

就像在雕刻自我的你，遇到了另一个同样水平的学徒，他雕刻的想法和你相像，或者他有很多很酷的雕刻创意。于是你们靠近，一起雕刻，一起相互影响。

可是，不仅仅有你影响我，还有其他的人和事。有一天，我们想法不一样，雕刻的方向也不同了。在靠近你的时候，你身上那些我曾渴望的特质，也会多多少少影响我自己。然而人格的独立成长，让我们不再需要相互依赖，而是更愿意去寻找更广阔的天地。

不是你不好，不是我薄情。如果你雕刻出你满意的作品，我也必是真心鼓掌的人。只是，路不同，终难相为谋。而我相信彼此的前路，必也是天上有星，路上有花。

谢谢你曾经的温柔相待，真心相爱，足以相慰每个相忘于江湖的日子。

不好意思，你死在我的朋友圈里

今天要说一个故事，故事要从去年说起。

去年一场婚宴上，来了许多许久未见的同学，大家一聊high，就建了个微信群，每个人都互加了好友。

开始一两个月，群里还挺热闹，也有人喊出来聚聚，也聚过几次。慢慢地，有一些人因为忙，或因为其他原因没有去。再后来，就只有一直活跃的人还在活跃，比如小A小B小C小D，而小E小F小G小H小J小K都没有说话，也没有退群。

而朋友圈里，一开始这帮人里谁更新了，都会看到有好几个人点赞评论。那时我还经常评论，过了一会儿就有五六条信息，都是共同好友的点赞或评论。有时看到其他人都点赞了，心想要不要点？点吧。后来慢慢地，觉得点个赞就好，不知道要评论什么。也发现不再像以前那样收到那么多条共同好友的信息了。

直到有一天，小G找我聊天。

“你最近过得咋样啊？”

“还好啊，你呢？”

“呵呵，那就好，我啊，就那样。”

“哈哈。”

“你最近有没有看小 D 的朋友圈啊？”

“哦，没怎么注意看，怎么了？”

“这样子啊，你不觉得很烦吗？老是天天发自拍秀恩爱，又发代购信息，好想屏蔽她。”

“哦哦，但人家做这一行也是要发的啊。”

“也是，但你不觉得很烦吗？”

“嘻嘻，我其实也没怎么看朋友圈，还好吧。”

其实在我们互加好友两个月后，因为小 D 刷屏太过频繁，我已经把她的朋友圈给屏蔽掉了。

我找到小 D 的头像，发现我们的聊天记录仅有一句：“我通过了你的好友验证请求，现在我们可以开始聊天了。”时间是去年婚宴那天。点开她的朋友圈，她还和以前一样晒自拍，晒美食，秀恩爱，晒各种衣服。

退出小 D 的相册，我把我们仅有的聊天记录也删了。现在只在通讯录和微信群里有她的头像，而微信群已被我设为静音状态。

我想以后我们应该在微信上没有什么联系了。那个群里的大多数人，除了在群里出现外，其实平时也不会私聊。而那些被屏蔽的，不好意思，你死在了我的朋友圈里。

你觉得这个故事熟悉吗？你是不是和我一样屏蔽过某个人？或者你也和我一样不知道自己被谁屏蔽了。

自从有了微信，我们不仅有了朋友圈，还有了活在朋友圈的朋友、点赞之交以及死在朋友圈里的朋友。

我们为什么要看朋友圈？学传播的朋友告诉我，这是为了满足个人偷窥欲。看别人晒的点点滴滴的事，想象并猜测他过的生活怎么样，可以满足个人好奇心。那为什么要发朋友圈？为了表现自己，获得认可。点赞简直是个伟大的发明，一点就明：朕已阅。内含深意：哎哟，不错哦。发者也心情愉悦，原来这么多人喜欢我发的啊。虚荣心真是世界上最易讨好的东西。

其中的大多数人，可能我们不会屏蔽，也不会拉黑，但有生之年终不会再在微信上与他们有多少交集。你晒你的生活，我晒我的日子，偶尔看看，心情好时给你点个赞，表示已阅，维持亲切又疏离的关系。所以他们是我们活在朋友圈的朋友，我们是默契的点赞之交。

如果有一天，曾经亲密无间的朋友因为各种原因不再联系，就算别人问起对方的境况，你可以讲点从对方朋友圈里看到的情况，避免被问“你们关系不是很好吗”诸如此类的问题。你不必因为你们不再聊天而抱歉，有空时彼此点个赞，以慰当年真心相待之情。

而有些关系走到某个程度，也许是因为他刷屏，也许是因为他发的内容很无聊，也许是你再也不想收到这个人的任何信息，也许是因为你们默契地互相屏蔽了，从此这个朋友就死在朋友圈里了。

有人说小孩才会耿耿于怀你怎么不和我玩了，成年人都是有礼貌有默契地互相疏离。看来我们要感谢微信这个社交软件，让我们不需要为了保持亲密关系而活得太累，也不会因为渐行渐远而愧疚。成年人终究要学会如何优雅得体地保持有距离的亲切感。

又看了下手机，小 G 在朋友圈发了几张赏花图，顺手点了个赞。小 D 也点赞，并评论："这是哪里啊？"小 G 回她："在 × × 地，下次一起去吧。"小 D 回："好啊。^o^"

下次是什么时候？谁知道呢，也许下辈子。亦舒说："涵养功夫到了，便是真心实意地大讲假话。"果真如此，特别是有了微信后，不必担心讲假话时眼神、表情会不会暴露，反正加个"哦"、加个"哈"，一切都可以亲切可爱。不是吗？

最恰如其分的友情是什么样

那一日，三四个好友在曦小姐家里吃饭，聊起这些年来所交过的各个朋友，有关系依然如初，也有已是陌路的。聊至酣处，曦小姐举起了手里的茶杯："来，谢谢你们，谢谢我们还是朋友啊！还能和十年前一样，想说什么就说什么，没有酒，我们就干了这杯茶吧。"看着她兴致盎然，大家都白了她一眼："矫情啊你。"边说边又碰了杯。

看着这几个人，都是以十年来计的友情，不禁心中也有些感慨。十年来，多少好友，好的好，散的散，当真是如歌词里所唱的"越长大越孤单"，或许是越长大，对朋友的筛选越苛刻。不是变孤单，而是我们对陪伴的要求更高。一起吃饭、逛街可能不是陪伴，还得能够一起讨论，成长得差不多，才更像是真正的陪伴。

友情，和所有关系一样，它的维系需要双方的努力和妥协。建立一种相互信任、有爱的关系，需要许多事情的积累，可是毁掉一段感情，可能一句话就够了。

刚认识曦小姐时，是十来岁的年纪，我和她臭味相投。才刚认识第二天，便"出双入对"。我们天天腻在一起，一起上课，一起吃饭，一起上厕所。男生常常无法理解女孩子的交情，怎么能好到连上厕所也要一起？那时，所有的人习惯于看到我们两个在一起，如果有一个不见了，旁人必然会问另一个去哪儿了。我们也戏言，我的左手只牵你的右手。

然而，可能一年半载后，忘记是发生了什么小事，两个人闹得很不开心。又陆陆续续吵了几次。慢慢地，我们不再是“黄金拍档”，分开了，和其他人去玩。两个个性太强的人，有一方不能镇住另一方时，便会像两只刺猬，一个不小心就划过界，剑拔弩张。有趣的是，当我们不再腻在一起后，我们的关系反而变得更好。本就互相欣赏的两个人，隔着距离，缺点就没那么明显了。

对此，我们俩的官方解释是，当时太年轻，没有给彼此空间，一下子靠得太近，缺点暴露得太快，所以一刺就“惊天动地”。很多朋友都笑说，你们俩说得好像谈恋爱。谁说不是呢，友情也可以是见到你心生欢喜，而且都付诸真心实意，也想得到你的独家宠爱。年少的友情，特别是女孩子之间的感情，可能比爱情还要自私。

后来，我们考上不同城市的不同学校，遇见不同的人，经历不一样的事。但每一次见面时，总有聊不完的话题，总能在彼此身上发现新的亮点。更感动的是，尽管际遇不同，成长的步调却基本一致，能够了解当下对方的心境和困惑，因为自己也正经历或有过同样的困境。或许，这是我和曦小姐的感情能够历久弥新的原因吧。

而身边有更多朋友，却只能相伴一程。月姑娘，是我从小玩到大的小伙伴，在分隔两地求学时，还每周一封信地聊，而且每封信几乎都要写三四张信纸。我们聊最近看了什么书，想象未来的梦想是怎么样的，聊喜欢的那个人今天和自己说了什么话。后来，却因各种原因，可能是太忙，有点不知道从何说起，结果圈子越来越不同，也就再难聊多少了。

有一次晚上正在公司里赶项目，月姑娘打来了电话，唠叨男朋友的不贴心和要去见家长的担忧，我正加班加到焦头烂额，也顾不上她小女生的心思，随意安慰了几句就挂了电话，也算是某种程度的敷衍吧。如今，月姑娘只会偶尔和我说带孩子、与公婆相处的事，我却难以和已是家庭主妇的她讲工作的压力。每次面对她的郁闷，只能简单宽慰几句。不仅是生活轨迹大不相同，而且生活重心也不一样，难以感同身受。这就是“话不投机半句多”吧。曾经以为会好一辈子的人，原来还是会变的。

这几年，很害怕看到久未联系的朋友突然问起“最近过得怎样”这类问题。如果曾经只是泛泛之交，回应下还好，也过得去。但若是曾经的好朋友，这个问题却太过宏大。分开后，我们缺席彼此生命中某些重要的时刻，也未能及时分享。若回“还好”“可以”，都觉得太过敷衍，太对不起当初的情谊；若要认真回复，却真不知从何说起。

我想，可能很多朋友就像相交线，在某个时刻，相交出灿烂的回忆，一起快乐和伤心，之后就分开，朝各自的方向成长，以后也难是同路人。而最恰如其分的友情，应该是如平行线。我们不需要交集有多大，只求留一点距离给彼此，多一些尊重与欣赏。在各自不同的生命轨道上变化、前进，然而我们却是平行线，不过分疏离，也不过于靠近，保持各自的个性，却又是同一类人。

有一次在网上看到琦殿的话："最难得的朋友是什么样的？即使在分别后各自经历人生，再重逢时，发现彼此依然是熟悉的。这种熟悉感不是来自于怎样相似的经历，而是你们已经在不同的生活里变成了更好的人，而且永远是同一种人。成长即是默契。"最恰如其分的友情，应该就是这样吧：有默契地各自成长，并能在不同的环境里共享同样的心境和感受。

朋友间，谈利益是否太可耻

外出吃饭的时候，难免会遇到认识的人。遇到相熟友好的人，自然是欢欣热闹一下。倘若遇到有过过节，或者半生不熟，由亲变疏的，有时就会变得很尴尬了。

一日与朋友吃饭，刚一坐定，发现附近桌子上竟有认识的人。双方各自微笑点了点头，当作打招呼，但大家笑得都有些勉强。

后来听朋友说完才知道，原来刚才那人是经共同朋友介绍认识的，一度也是朋友。对方很是热情，两人也很投缘。当时他想做朋友公司的业务，朋友因自己不负责那一部分，就帮忙介绍给同事，但最后没谈成，谁料对方后来就对朋友疏远、冷漠了。

朋友说到后面，有点动怒："你说，现在的人怎么这么现实啊！交个朋友都这么讲利益！我当时为他搭线，劳心劳力，请客吃饭也没少。谁知道一谈不成，他就跟我不熟了。不对，是一帮他搭好线，他就开始和我不熟了，也不叫我去吃饭了。真是势利的人！哼！"

我静静地听他说完，点了点头："这个人确实做得很干脆，你对他没用，就马上不和你假惺惺了。不过，他这么直接也是好事，难道你还想他假装很够朋友吗？"

朋友说："那也是，但现在的人做朋友，怎么都是看在利益上的，真的很寒心。"

我摇了摇头："每一段关系的背后都是有利所图。就算我对你，也是有利所图啊！比如我想蹭你饭，这也是想要的利益。"

朋友哑然失笑："这不是利益吧。"

可是，这其实也是利益。在经济学里有个概念，"利益"这个概念并非只是指物质经济利益，人所需要的安全、自尊、情感、社会地位等社会性的需求，也是一种利益。当年上课时听新制度经济学老师说凡事都是有利益在后面，就算是父母对孩子，也是有利所图的。比如你下了班回到家，抱抱你家里的宝宝，逗他玩，你也获得了愉悦，这份愉悦是你爱小孩子、逗他玩带来的利益。

初听这个观点，我一时也不能接受，怎么能把这种快乐的感情或者爱也称为利益呢？但仔细想想，其实每件事情的背后都有其利益所在。如果你选择去做了，必然是期冀能够得到什么的。并非因为你想得到什么就显得自己卑鄙了。

交朋友，这件事本身就带有一定的利益。有些人像集名片似的认识了许多人，都说是自己朋友，他希望在自己需要帮忙的时候有人来帮，那就是他想寻求的利益。而有些人，只是喜欢和自己趣味相投的人做朋友，喜欢和朋友说说话，一起玩，在其中享受到的快乐，是他选择和谁做朋友而想得到的利益。

朋友听完我的解释，一副难以置信的神情，表示说如果按我这个说法，那么也没有多少真朋友了，大家都是冲着利益去的。

我笑着问他："我今天见你，是想听你说说话，想让你请我吃饭，看你愿不愿意喽？"

他点头说："愿意，不然我也不会来，我也是想和你聊一下天的。"

我摊开手："那不就结了。我们都是各有所图，但都是心甘情愿的，这样我们就不是真朋友了吗？"

朋友释然一笑："哦，那也是，这么说前面是我太过偏激了。"

人性真的很奇怪，一方面我们是贪心的，想付出更少，却能得到更多；但另一方面，我们却偏偏希望别人觉得自己是高尚无私的。所以，这世界上毕竟还是伪君子居多。虽然相比而言，真小人要比伪君子坦荡得多。

我并不喜欢为了得到什么才去认识人，但是最终你能维持那段关系的最大原因是你们都能从中得到什么东西，而双方都愿意且有能力给到。互惠互利是人与人之间维系关系的基石。承认自己有所图并不可耻，重点是你图什么，又能给别人多少。

有人图名利，有人图归属感，有人得到被仰赖的乐趣，有人得到被接纳的快乐，都是心甘情愿，有所付出，各取所需。我们也不能清高地判断谁图的利益少谁就更加高尚，在与人接触、相处的过程中，我们必定或多或少有过这样或那样的祈求。我们不过是芸芸众生中的一员，都有私心所在。

你会觉得不快，被人欺骗了，不过是因为他想要 A，你只能给他 B，那个人不想要 B，也不想继续维持和你的关系，而实际上你期望的是得到 C，对方本来就没打算给你 C，你们的关系怎么能继续？不如趁早撇清，各自寻好处。

说到这里，朋友若有所思地说：“按你这么一说，人与人之间的关系也没什么好纠结的了。我愿意付出真心，你也愿意付出真心，我们皆大欢喜，可成真朋友。我只想从你身上得点好处，你也想得点好处，那我们就互相用好处。有些人做不成真心相待的朋友，就做一个有用的朋友，也是可以的。我那么生气，可能是因为我给了那个人真心，谁知道他只想捞点好处，捞不到就连假情假意都不愿意给了。这么说来，我还要感谢对方的坦率，免得我把真感情给了不值得也不想要的人。”

“嗯，孺子可教也。”我笑着说。

接触的人越多，你越明白，人与人之间，亲疏远近，贵在心中有数。你我之间能交换的是什么利益，决定了我们的关系最终能走到什么样的层次。无须愤慨，无须介意。只要双方愿意，其实就是一段可以维持的关系。

想明白这点，突然就对人生中许多事情可以释怀了。试想，孩童时期相伴玩耍的伙伴，在各自成年后，只剩下每年春节发句祝福的情谊；曾经陪同度过生命中一段艰难时期的朋友，如今只能谈谈无关紧要的琐事；明明曾经很相爱的人，到最后却形同陌路，相忘于江湖……人事易分，原来不过是一种常态。你给不了我要的东西，我也给不了你想要的东西，既然如此，何不痛快承认，坦率疏远？

不管是情感，还是收益，都可以维持一段关系，至于这段关系最后的走向，就要看你们互换的利益是什么了。可能这份利益本来就是持久性的，或者当双方的需求转变时还能互相满足。说到底，每一段关系都要靠经营才有可能长久，你想要的利益决定了你们的关系的质量、层次与时效。

得体的友情在于有分寸

人们总是说情商低的表现之一是对陌生人太客气，却对亲近的人太苛刻。对越亲近的人，我们期待得越高，要求也越多，结果矛盾也更凸显。如果说人与人之间的相识需要缘分，那么友情的维系更需要讲究分寸。

有分寸的友情是适度欣赏和信赖

穗穗是我小学同学，四年级时她转学到我们班。她是一个很害羞的小女孩，总是一个人坐在边边上，不爱说话。我是个闲不住的人，看到有新同学，就去和人家说话，一来二去就混熟了。我成为穗穗在新学校的第一个好朋友。从那时起，穗穗就一直跟着我玩，我们一起上学放学，偷跑去小河边玩水，看过彼此收到的情书。

穗穗总是和我说她最好的朋友就是我了，可是我却有一堆好朋友，她觉得自己很不重要。年少的我不想错过任何一份友情，我急着辩解道她也是我的好朋友，可是在谁是我最好的朋友这个问题上，我却犯了难。因为我确实有一群好朋友，不分先后。虽然是这样，穗穗和我感情一直很好，甚至很依赖我。去外面时，吃什么、玩什么都是听我的。甚至升初中报志愿时，我说报哪个，她就跟着我报哪个。在她眼里，我做什么事都是天下最厉害的那个人。

初中时穗穗在我的隔壁班，却每天下课都要过来找我，和我一起做功课。我们的关系好得全年级都知道，大家说我们是 Twins。可是人渐渐成长，就不再满足于只和原来的朋友黏在一起，我想和新认识的同学一起去玩，可是穗穗却不愿意。而且，她对我的依赖让我有些喘不过气来，好像逼着我要对她的人生负责到底。我做的每件事都要考虑到她，不然她就会不开心，说我没把她当好朋友。高中不同校后，我也渐渐有意识地和她保持距离，并鼓励她去努力结识新的朋友。

后来听到一句歌词："只是太年轻，快乐和伤心都像在演戏，一碰就惊天动地。"说的就是我们那样的关系吧。你无法想象少女的关系可以弄得那么亲密，没有给彼此空间和距离，世界只能容得下彼此，有一点点疏离，便要闹得惊天动地。真的是"严重似情侣讲分手"。

朋友之间应该是对等的关系，我不需要你对我仰视或者依赖，我不需要靠友情去满足这样的虚荣心。当你总是强调对方对自己有多大的意义时，会让人不由得有一种巨大的压力，不知道能不能承受你这样的厚望，因而不自觉地想逃离。朋友之间应当是有分寸地欣赏与依赖。

友情里的理解应该是有分寸地体谅和帮忙

发脾气这种事，我们每个人都会做。但能不能控制住，用什么方式冲什么人发脾气，却显示了一个人的涵养。

老李是个暴脾气，经常动不动就火冒三丈，一件小事他也能气个好几天。更无语的是，如果他生气了，你千万不要去碰他，不然你就当了炮灰了。因为他会直接冲你发脾气的。

有一次，他公司的项目进行得不顺利，而且被人背后使诈了，最后自己还背了黑锅。他正在气头上，刚好一兄弟打电话给他，叫他晚上一起吃饭，他态度不好地嚷着："心情不好，吃不下饭。"兄弟还好心问他怎么了，他一烦躁，喊道："不想说这些废话了。"然后就直接把电话挂了。后来，那个兄弟再没和他一起吃过饭。

老李有一次和我说，怎么近几年发现朋友们越来越疏远，还在朋友圈问是不是自己做人不行。我果断地给他回了句评论："没想到你还有自知之明，但你那样已是毫无用处。"他马上气势汹汹地来问我为什么这么说他。

我说："你心情不好的时候，谁靠近你都要被你当成出气筒，谁愿意和你做朋友！我还不是没办法，从小就是邻居，你妈还经常托我问你近况，都避不开你。"可是老李却振振有词："我这不是脾气不好吗？你们不是我朋友吗，应该理解我的。我又不是真对你有意见，我就是那时候心情不好控制不住啊！"我猛地一拍桌子："你有脾气就大晒？我莫名其妙被你骂一通，我很委屈。你是我朋友，来，你理解我啊！啊？"老李一下子没话说了。

特别受不了这样的人，总是把友情凌驾在你头上，好像道德绑架。他们的逻辑是：你是我的朋友，所以你就要怎么样做；如果你不这样做，你就不是我朋友了。所以他认为是朋友就应该理解他，我那么坦诚对待你，不掩饰我的心情，就是因为我认定你是我的朋友。

每次遇到这种神逻辑的人，我只想说早日不要把你当朋友吧。我是你的朋友，就意味着我要包容你的一切缺点，就要理解并接受你对我以朋友的名义所做的所有不理性行为。你无故骂我，我就要理解？那你打我，我还要任你打吗？你是我的朋友，就应该借我的钱，而且不应该我讨债？这些都是没分寸的事。

如果发现有认识的人有这种倾向，你最好摆出不是朋友的姿态，也千万别容忍他，不然他就会一直去打破你的底线，还发自内心地认为你是他的真朋友。如果有一天你不答应了，他就会认为你变了。朋友之间的理解，不是用来无分寸地试底线，而应当是互相体谅、帮忙解决问题。

有分寸的友情是大家要有自觉性

有很多人说，好朋友不能住在一起，因为同居会毁友情，特别是女孩子，住在一起后关系都会变得不好。纵观我与人合住的生涯，虽然我和朋友的友情没有全都毁掉，但至少所有的友情都会在分开之后走向新的领域，有变得更深一层的，也有走得更远一点的。

我曾经与两个女孩同住，都是大学同班同学，大家还属于关系比较好的朋友。但是我们开始住在一起时，你才知道原来你认识的那个人，只是她的一部分而已。我们一起经历了暗涌四起的磨合期。A 是处女座，有一点洁癖和强迫症，她希望家里一直是一尘不染的，有空时爱运动，也拉着我们一起去。B 是比较懒散的人，喜欢宅在家里看动漫、综艺节目。我也喜欢干净，不喜欢太吵，比较喜欢安静地看书或聊天，有时自己一个人就待得很开心。

而我们之间出现的问题，其实都是各人生活习惯上的小事。比如 A 出门回来发现家里太脏，竟然没人打扫，就会很生气，B 却觉得这只是她有洁癖，根本没那么脏。B 看视频时，声音放得很大，A 和我就各自默默回房间。A 和 B 喜欢全宿舍一起逛街，她们觉得一个人出去会很孤单，有时还特意配合我的时间，而我其实更想一个人去玩。每次我做饭时，B 总忍不住在旁边教我应该怎么做，其实只是做法不同而已，而我听多了也觉得烦。

我们三人的同居生活，并没有像电影里演的互相扯头发，而是渐渐地关系发生了变化。A 坚持天天打扫，B 却几乎不再打扫，连垃圾都懒得扔。大家尽量少组织集体活动，各自找各自朋友去。我要求 B 不要老是挑剔我做的菜，不喜欢就自己做。我因为跟着 A 一起运动，欣赏她的节制力，和她也有了新的话题，而她也渐渐理解我为何喜欢独处。但同时，B 也被我们慢慢疏远了。本来她是我们三个中最活泼最有趣的人，可是却发现她和我们相处得最不愉快。大家约定好的宿舍制度，她不主动遵守，打扰到他人时也没有自觉性。我和 A 觉得提醒多了反而会难堪，但忍多了心里又有疙瘩。后来我们因工作调动，分开住了。之后我与 A 的关系更深一步，但与 B，却只剩下简单的联系。

可能女孩子的内心更敏感，对男孩子来说，这些事都是小事，随便就过去了，可是女生却希望和朋友的相处都是愉快舒服的。造成不愉快的这些小事，其实就是一个人最自在放松时的表现。然而，同住屋檐下，低头不见抬头见，一点癖好都可以被放大成让人不爽的特质。

室友生活中有许多部分都是有交集的，需要大家的妥协。另外，每个人都有自己的特点和喜好，你们必须要互相理解、尊重，而不是大惊小怪。可是很多人却经常把握不好那个度，妥协时不是心甘情愿，而是被迫无奈。而遇见他人有不同的喜好时，有些人只会觉得这很奇怪。比如我喜欢自己一个人看电影，A 和 B 常常很担心地认为我是因为心情不好。

同居生活需要人们自觉地尊重彼此的习惯，主动地遵守规则，不去触碰对方的底线。如果需要别人一而再再而三地去提醒你遵守规则，就难免会造成不和。朋友之间讲分寸，需要的是大家都有自觉性。

中国人的智慧中，很讲究一个度。这个度把握好了，就是双赢。友情里的分寸，讲究的就是这个度。

我们在与人相处的过程中，常常容易犯两个错误：别人会包容我的和我们都是这么想的。但是事实上，除了你父母之外，没有人会无条件地包容你。而且别人就是别人，不是你，别把别人幻想得和自己一样。当你明白这两点后，在说什么话、做什么事前，先考虑一下别人的感受，想想会有什么后果，你愿不愿意别人这样对你。己所不欲，勿施于人。掌握友情里的分寸，才能做个得体、通达的人，友情才会历久弥新。

为什么要介意别人有没有给你点赞

点赞也许真的是一个伟大的发明，自从有了这个功能，许多人的喜怒哀乐都和它相关了。有朋友每次发完朋友圈后，就会时不时看一下有多少人点赞。点赞的人一多，他也就很开心。但有时候，也许是他发的时间不对，或者刚巧没什么人点赞，他便觉得失落，甚至还会叫我们帮他点赞。

有的人还会特别在意别人有没有回复他的评论，有没有回应他的赞。如果 A 很少回应 B 的互动，你可能就会听到 B 说，A 从来都不回复我的评论，以后再也不给他评论或点赞了，真没意思。当然有时候，可能和那个人泛泛之交，却偶然发现大家发的朋友圈很有共鸣，互动起来也有意思，关系仿佛递进了好几层。

C 君是一个特别热衷于刷朋友圈的人，他每天不知道要送出多少个赞和评论，每天也会频繁更新自己的动态，讲述生活小事，分享人生感悟和转发文章。不仅如此，C 君还有个习惯，每隔一段时间会到各个朋友的相册里看一下他们最近发的状态。因为他怕朋友太多，有时会看不过来，漏掉某个人的东西。另外，也可以从中看出哪个朋友对你比较在乎。

因为 C 君有一次发现，有一个 D 朋友经常在他们共同的朋友那儿点赞、评论，也经常回复那个朋友的评论，但是他对C君却好像吝于点赞和评论。C君回想了一下与对方的相处过程，发现好像他对自己一直是不冷不热的，所以以后就不经常给他点赞、评论了。

人心里的小角落真是难以琢磨。如果不是有一天我偶然看到C君在翻大家的朋友圈，还不知道原来朋友圈竟然有这样的妙用。但是，有没有给你评论、点赞就是在不在乎你吗？就是关不关心你吗？

我想起我曾经有一次发过一条朋友圈，原文是“今天顶着大太阳在外面跑了一天，被晒成狗了，而且是条黑狗，汪汪”。其实那天为工作跑了一天却没有收获，心里本来就很沮丧，于是就自黑一下，调侃了自己。过了一会儿就有人点赞，评论里几乎都是“小黑狗”“老黑”“大黄”“来几句汪汪”等调侃的内容。再过了一会儿，我妈打电话给我了，她说她看到这条朋友圈了，问我怎么这么热还要出去跑一天，有没有注意多喝水擦防晒，夏天在外面跑要注意防中暑，细细地叮嘱了一番。我心里有点惭愧，我只是随口自黑了一下，可是在关心我的人眼里，却有那么多要担心的事。

不知道其他人加了自己的父母为微信好友是何感想，我却知道虽然他们几乎很少评论、点赞，但是他们却是认真看完你每条朋友圈的人，也是在乎你说了什么、你在想什么的人。因为相比起朋友圈这种薄弱的纽带，你们之间的感情让你能够确定他们对你的爱，并不需要靠点赞和评论这种无关痛痒的小事来证明。亲情是如此，友情、爱情也是同样的道理。

我与我的朋友们之间，也不会经常点赞。亲疏远近，其实你自己都会有度。什么朋友是那种半夜可以打电话叫醒来听你哭的，什么朋友是平时插科打诨的，什么朋友是不到有事你一定不会找他的，这些自个儿心里都是有数的。真正的朋友不会只活在你的朋友圈里。

有一段时间，我因为一件事情而承受着巨大的心理压力，会偶尔发几条状态，但也只是一笔带过。很多人看了后会评论句子写得很好，但他们看不到你内心的创伤。我当时把所有的感受都倾诉给了两位朋友，他们当时都不在我身边，也不能帮我解决问题。可是我知道当我打字或者打电话时，隔着手机屏幕，他们都会在另一边认真地听我说，并且引导我往好的方面想。那段时间我发的朋友圈，他们也很少评论。后来我问起时，他们不约而同地说因为不知道回什么。因为该说的话，其实我们都已经说了。当那件事解决之后，我发了一条朋友圈，其中一个朋友就回了我俩字“好喽”。不用讲太多，大家彼此都明白。

你会去介意别人到底有没有给你点赞、评论，无外乎有三个原因：第一，你与他的关系仅存在朋友圈里；第二，你其实并不确定你们之间关系的亲密和默契程度；第三，你并不自信。

如果你与一个人的关系仅存在朋友圈里，你与其私交甚少，那他与你的互动，也许多是礼貌使然。而且假如这个人只活在你的朋友圈，你们连私聊一下都没有，那他要不要评论你，要不要给你点赞，有那么重要吗？你们根本就没在对方的生活中占据什么位置，出现和消失都是过客，来过而已，何必要介意呢？

假如你并不确定你们之间的关系和默契程度，那也许你应该重新考量你们之间的关系，而不是去靠一个点赞或评论来定夺。人与人之间关系的复杂程度，我想可能终其一生，我们都不能完全了解。女生与女生可以见面非常亲密，但可能私底下根本就互相看不顺眼，这也是常有的事。但可能所有人会以为她们很要好。

曾经有一次好朋友回国，班上的同学给她办了场欢迎聚会，她当场拥抱了所有人，除了我和另外一个。但是大家都知道我们三个的关系远远超过了在场的其他人。有句话不是说：当所有人都关心你飞得高不高时，只有好朋友才关心你飞得累不累。也只有好朋友会知道你飞得累不累，其他人只是看到你光鲜靓丽的外表。玻璃心一点的人会觉得为什么她拥抱了其他人，而没有拥抱我，是不是不把我当好朋友。如果问出这样的问题，那可能你从来都不曾对你们之间的关系有过正确的判断，你对你们的友情没有信心。

以前读书时拍拖，要是和男朋友吵架或自己心情不好，就会发条状态。有时候男友没看到，我就更不开心，觉得他不关心我。当时就是小女生的想法，认为如果你爱我，那应该看我发的每一条状态，而不需要我来告诉你。直到后来才懂得，你感冒发烧时，他马上带你去看医生，看着你吃药，那才算关心，而不是在你发测到体温已经39度的图片时，在下面来句“宝贝，我带你去看医生，爱你”。那只是做给别人看的。在暧昧阶段，可能从朋友圈的互动能看出端倪，但真正确定的关系，是根本不需要从那里去衡量的。

再进一步讲，你那么关心别人有没有给你点赞，有没有给你评论，归根结底就是你不自信。社交媒体的发展，使得人人都可以是意见领袖，每个人都可以表达自己的观点，都可以分享自己的故事。表达自己，得到共鸣，应该是所有人都有的精神需求。然而当你太过强求别人与你共鸣、对你认同时，其实就是不自信的表现。

自信，是由里而外，而非他人和外界能够提供的。如果对自己的观点足够自信，就算无人认同，你也可以坚持下去，除非你也不太肯定自己对不对。如果你相信自己是幸福的，就算不晒也是幸福的，期待别人来赞美你，最多只是强化你的感觉。

有时候我觉得，社交网络上表现的人，其实应当只是50%的人。每个人会在社交媒体上选择性地表达自己，有意或者无意。记得以前读书时，每个班上一定会有几个比较安静的人，和大家很少有交集，别人说话时他们可能只是傻笑地听着。曾经有一个同学，就是这样的人。当时还没有微信，我们偶然加了QQ。后来发现，看上去特别没有主见的他，会在QQ上写一些非常文艺或幽默的话，还经常评论国家大事和社会事件，讲得头头是道。而且我们在 QQ 上的交谈，让我觉得这简直不像同一个人。他在 QQ 上说话也是非常风趣和聪明，完全不是平时问三句才答一句的样子。可是，当我们在现实中碰面时，他又回到原来的样子。

我曾经百思不得其解，为何一个人可以这么分裂？但是当你认识的人越多，你会发现人真的有很多面。这个人他可能比较极端，他在社交媒体上表现的自己，与日常生活中的自己有 180 度的差异，而我们大多数人可能会表现出 30 度、60 度、90 度的差异。

比如我说自己晒成一条黑狗时，可能我更想说明的是我今天很沮丧，但是我这样发就没意思了。如果要说明为什么沮丧，就是长篇大论了，可能没有多少人会关心，那我还不如发晒成一条黑狗，大家觉得好笑，我又兼带表达了对这一天的无语心情。我们会根据文字去揣摩对方说这话时的语气、心情，也会用文字伪装自己真正的心情。

不过，这样并不是说我们就不真实了，我们只是表露了部分的真实。人都善于包装自己，人性有很多面，面对不同的人群，我们会展示性格中的某一面。有些人在工作中是干练亲切的，但当他面对自己亲近的人时，会很没有耐心，习惯依赖亲近的人。这两个方面，并没有哪个是假的，只是同一个人的不同面。同理，在社交媒体上，我们会愿意表露的是自己某一方面的性格。看一个人的朋友圈时，你了解到的可能只是他的一部分人格。他并没有欺骗你，这也是他真实的自己。

所以，为什么要介意人家有没有给你点赞呢？他点赞，不一定就是他有共鸣，可能只是礼尚往来。他不点赞，不一定就是他不认可你，也许他并不想要表现自己的那一面；还有一种可能，也许人家就是懒，你想那么多又有什么用？

谁在不在乎你，关不关心你，体现在你们交往的点点滴滴，体现在你需要依靠时他给你一个肩膀，你需要安慰时他给你一个拥抱，你需要帮助时他二话不说伸出援手，而不在于那个举手之情。确定和相信人与人之间的感情、默契，都需要事情和时间的积累，不是靠点赞和评论。

如果你依然觉得朋友对你的在乎，应该体现在点赞和评论这一方面，那可能你更关心的并不是你们之间的关系，而是你自己的成就感和虚荣心。那就别再介意谁有没有点赞，你应该研究的是让你的朋友圈里的人都愿意点赞的内容是什么了。

我们在朋友圈里了解朋友，但我觉得我们更需要从朋友那里了解他。我们也在朋友圈里互动增进感情，但或许多一点面对面的交流，可能会更增进感情。

舍不得做情人的人

舒淇在微博上写："每个女孩子心中都有个爱不了也恨不了的田季安。"看到这句话，不知为何，脑海里就浮现出了你，我们好久没有联络了。

上一次你联系我，还是几个月前，你突然和我说，梦见我结婚了，附带一堆抓狂的表情。我哑然失笑，我结婚你不开心？你说，因为要给最大的红包，可是现在钱还没赚到多少，当然紧张啊！

初次见你，是我们大学入学第一天。我正排队时，突然被人拍了肩膀，一回头，就看见了你。那时你还没留胡子，一张干净的脸，额头上还滴着汗，穿着白色T恤，平头，背着个双肩包。我反应不过来，就戳在那儿，木木地看着你。你似乎被我的反应吓了一跳，指着地上说："同学，你鞋带开了。""哦，谢谢。"说完我就连忙蹲下系鞋带，再也没有回头看你。

后来发现咱们竟是同班同学，又进了同个社团的同个部门。宿舍的姑娘们说你长得不错，我却说那个人好像有点跩，看着不爽。直到今天，我也没有告诉你，我们曾经在入学那天见过。我一直都和你说，我一开始就看你不爽。

可是事实证明，那些后来成为我好朋友的人，多数都是一开始看着不爽的人。一部分是真不喜欢此人，另一部分是一眼看出对方身上有自己欣赏却未做到的方面，带着种挑衅心理，想看清楚对方是有多强。结果不知不觉中，发现私底下都互相欣赏和挑剔，其实都是相似质地的人。

大学的时候，好像全身有太多气力没地方用，只好四处摇晃，做各种闲事。如今想来，倒是好怀念。曾经可以花一下午看人打球，一群人为一个活动连续熬几个通宵也不累，一大帮人去吃夜宵喝酒，东拉西扯聊到天亮，再各自回去睡觉。

就在某一次深夜畅谈中，我突然发现和你有种棋逢对手的感觉。我偶然说起最喜欢的金庸小说里的人物是令狐冲，没想到你也说最喜欢他的达观和傲骨，还对他的性格分析了一番。我激动得一拍桌子，竟然有人能把我对令狐冲的理解说得这么透彻。当晚我们从文学讲到电影，从文化习俗谈到为人教养，还从八卦话题提升到人性心理。有时候，是你说了我想讲的观点；有时候，是被对方的想法给惊艳到。

也许就是因为这样，我们越走越近，成为甚有默契的好朋友。我们曾经三更半夜游校园，一起逃课去爬山看日出，为了打比赛争论到面红耳赤，教对方勾搭异性互出馊主意。共同的朋友开始拿我们俩开玩笑，我们说这是“无产阶级的革命情谊”，他们不懂。

大一下学期那会儿，我和原来的男朋友分手。不知为何，虽然与你无话不谈，却一直没讲此事，总觉得没到时候。有一次，和大家边走边聊，有人问我为何分手时，我一时语塞，只好打哈哈过去。于是大家又聊起别的话题。走了几步后，竟听见你说："是时候放下过去了，也是放过自己。"一瞬间，泪水就悄无声息地滴落。你说话的声音明明压得很低，却无比清晰地飘进我耳朵里。明明身边有一大群人，我却知道你那句话是对我说的。借着昏暗的夜色，我假装低头走路，让长发几乎遮住我大半边脸。当晚你一直走在我旁边，再也没提及任何一个字。一个星期后，我剪了短发，直到毕业。你说我短发的样子帅呆了。

大二时，你喜欢上隔壁学院的一个女生，想做个视频去表白。第二天就情人节，你还没做完，拖我去救急。我却先威胁你要请我吃夜宵，结果吃到晚上12点，只好连忙带着电脑跑去自习室剪视频。三更半夜，空旷的教室里，连说句话都有回音。我没看完你自己做得极其简陋的视频，就笑趴在桌子上了。你先是无奈地瞪着我，抗议了好几句，最后也跟着我笑到捶桌子。我们边吵边笑，好不容易在早上上课前把视频给做好了。

然而不出我的意料，你表白失败了，被发了张好人卡。于是你就开始表白失败的正常表现：天天窝在宿舍里打机，不去上课，吃饭就叫室友打包，每天都在喝酒。你宿舍的兄弟问我咋办，要不要去劝劝你。我说不用管他，过阵子就好了。过了一个月，你就自己来请我吃饭，说那天还没有正式感谢我。并且你还展示如何在游戏里打出了人生大道理，让我无言以对，笑到肚子疼。

那时候，我们两个宿舍也打成一片，天天混在一起玩杀人游戏，打牌到天亮，组团去看夜场电影，一起逃课旅行。当然我和你之间少见的默契，也常常被这帮损友拿来开玩笑。每一次，我和你都不约而同地不搭腔，笑笑而过。

有一次宿舍夜聊时，室友让我坦白讲对你有没有感觉。我躺在床上，抱着手臂，沉默了好一会儿。全宿舍的姐妹都屏住了呼吸，在等我的答案。我才缓缓地却又像下定论一样地回答："我和他是不可能的。"

"为什么？"全宿舍人几乎同时喊了出来。

"因为……"我脑袋枕着手，换了个轻快的语气，"因为那么好的男生，拿来做男朋友太可惜啦！还是做好朋友才是最好的！做朋友，才会既有默契，又能聊一些不会和男朋友说的话。因为是朋友，才不会对对方要求太多，也更能接受各自的缺点。"

其实说那番话时，我已经觉得，我们之间的关系已经跨过一条线，那条线是男女友情的分界线，但是距离爱情那条线还有一段距离，中间是一段灰色地带。我们的关系也停留于此，其实在那里停留太久，往往就不会再往前了。因为我们在之前某些时刻错过了，再也没有那种悸动，所以终究不会再往前走了。

大四时，我们都忙于找工作、实习，经常都不在学校。未来太难确定，年轻的人，一无所有，却总想得到更多。刚出社会，跌得鼻青脸肿也是正常的。很有默契地，我们都不会主动问对方工作的情况，但我们都明白，不管做什么决定，彼此都会理解支持。后来，你说你要回家乡工作，我听到后，静了两秒，说："好，加油。"其实很久以前，我就知道你更喜欢北方那座城市的氛围，但听到你的决定时，还是有两秒钟的心跳漏拍。

毕业季是忙乱而忧伤的，有些人真的见了一面后从此各自天涯了。我们每次只要有一个人回学校，都会问对方是不是也在。因为只要回学校，你我都是彼此一定要见的人，感觉有很多话要讲。但，好朋友也讲缘分吧，越想把最充裕的时间留给你，就越会习惯性地将其他人和事情先打发了，等到全处理完，发现也差不多到要离开的时候，却还没见到你。

有好几次，我们只能在你送我去搭车的时候见上一面。从我的宿舍楼下走到校门口，平常要走15分钟，我们却经常要走20多分钟。路边的大叶榕青翠欲滴，一路熙熙攘攘，你帮我推着小行李箱，我悠闲地踢着小石子，我们有一搭没一搭地聊着。

最后一次见你，是我准备要正式离校了。你送我去搭车，第二天你也要坐飞机回去了。但你说不用特地请假去送你，又不是以后就不见了。我们如往常一样走到校门口，那里人很多，公交车还没有来，有些嘈杂。你和往常一样陪着我等车，我们沉默地望着车来的方向。

过了一会儿，大学里最熟悉的那趟公交车终于来了。好些人都拥过去，我也赶忙提上小行李箱，偏头向你喊了声：“我走了啊！拜拜！”说着急急忙忙跟着冲过去。忙乱中听见你和平时一样说了句：“嗯，小心点。”

这时，我心里闪过一些模糊的念头。在我的想象里，我们的离别不应该是这样的。我们应该是，前一晚坐在学校操场上，喝着啤酒聊个通宵。我们应该再一次夜游校园，将酒随意洒在泥土上，做一场所谓的告别青春的仪式。我们应该笑到流泪，给彼此一个拥抱，感谢遇见了对方。我是不是现在要回头，转身拥抱一下你，和你说一声“谢谢”。不，“谢谢”两个字太轻了。啊，难道我要像我们喜欢的江湖侠客一样说“青山绿水，后会有期”？恍惚中，脑海里飘过许多思绪，双脚却已经上了车，好像有种惯性推着我一直往前走，没有停……

那天，你说梦见我结婚，又叮嘱我要看准人，要帮我介绍。我问你那么担心我嫁不出去吗。你说：“要看到你幸福地结婚，我才放心。”看到你那句回复，我盯着屏幕看了好几秒，又有了那种心跳漏拍的感觉。最后轻轻地按了手机屏幕，回了你一个害羞的表情。

其实，你也不是什么田季安。我们之间没有谁负了谁，而是心存感激。也有人说，我和你是程又青和李大仁的关系，但哪有谁暗恋谁。依你我的性格，如果真爱上，就会坦然面对。也许，每个人的青春里，始终有几个这样的人。明明比友情更近一步，但却到不了爱情，可是我们却并不遗憾这样的距离。因为诚如我之前所说，这样的人更适合做朋友、知己，而非情侣。

我们的生活，并非要像电影里那样爱得死去活来才是刻骨铭心。我们拥有的青春，多是寻常人的平凡小事，可是这些小事却是一生中独一无二的记忆。是过去多少年，你一听到某首歌便会想起那天那个人唱歌的模样；是无论何时谈起以前做过的糗事，大家都可以戳中同一个笑点，笑成一团；是就算距离遥远联络渐少，却依然当你是朋友，只愿你开心幸福。

这一辈子总有些人会被你收藏在心底，轻轻触动你心底最温柔的部分，不一定是爱情，却一定历久弥坚；不是男女朋友，而是更重要的好朋友。

你不是任盈盈，别爱放不下前任的男人

One

晚上 11 点，突然来了一通电话，一看来电提示是路明明。我一接起电话，便听到那边已经哭到哽咽：“我们今天分手了……我，我实在忍不住要找人说一下……”

我无奈地叹了一口气：“嗯，你说吧。”在接下来一个多小时的时间里，我就一直听着路明明讲她和男朋友的事，虽然很多内容都听过不止一次了。

故事其实很简单：路明明的男朋友是个渣，和路明明在一起，但一直对前任念念不忘。现在这人觉得自己错了，还爱着前任，所以就和路明明分手了。

路明明哭着说：“有些事情真的不是努力就有了，我对他好，我爱他，可他始终就是爱不上我。虽然知道是这个道理，但人总是会不甘心。我哪里比他前女友差了呢？”

“错了，不是前女友，你才是前女友，原来那个是前前女友了。”我提醒她，反正讲道理也没用，还不如干脆狠狠心开个玩笑好了。

“你……好吧。我就是不甘心，不甘心。”路明明带着哭腔重复道。

不甘心，好像成为一个特别要强的理由。我不甘心认输，所以我要努力。我不甘心活得不开心，所以我要追求幸福。不甘心，会是一个正面而有力量的理由，但须知人生中有些事，不甘心也是没有办法的。天要下雨，你爱的人就是不爱你，有什么办法呢？

那些对前任念念不忘的人，你最好别去碰。他是用情专一，他是深情款款，可那不是对你啊。很久以前看过一句话，大意是说每一个深爱过的人，都有能力再爱一次。以前我也相信来着，但是后来我才发现，话是这么说，但当他给了前任的爱后，他再给你的可能就不是那样的爱了。

Two

最近重新翻看了《笑傲江湖》，发现对于令狐冲与任盈盈的感情有了不一样的理解。以前一直觉得令狐冲应该只爱岳灵珊，对任盈盈只是敬爱。小师妹是令狐冲的初恋，面对她，原本能说会道的令狐冲就只剩下不知道说什么好，为了逗她一笑，能在争选五岳派掌门的擂台上假装输给她，让自己身中一剑。可是面对任盈盈，他懂得开什么玩笑不失分寸，知道怎么转移尴尬的话题，虽然他也可以为任大小姐不顾性命。

在网上随便一搜，就可以看到许多关于令狐冲到底是爱小师妹还是任盈盈这样的问题。以前我觉得应该是爱小师妹岳灵珊多点，他对任盈盈是敬意、感激多过爱意，但最近发现，两者不能相提并论。

令狐冲对小师妹是青梅竹马的感情，是“记得那时年纪小，我爱谈天你爱笑”的感情，也许是一个人最单纯、最无所求的爱情。而他对任盈盈，是两个成熟的人之间的爱情。对于岳灵珊，令狐冲也许并不真正懂她，但他会将她捧在手心里，宠爱她，哄她一世开心。而对于任盈盈，令狐冲是与她平等地对话，两个人有共同的价值观基础和人生理想。最终两个人的感情能走向圆满，有很大一部分要归功于任盈盈的态度。

任盈盈爱令狐冲，能为他舍命上少林，但没有要求令狐冲要对自己有什么回应。你能顾我之情当然是好，但倘若你心里没我，我也不强求。在少林脱困一战中，任我行为了让令狐冲能为救他们下山而取胜，想让女儿任盈盈走去对面，让令狐冲能看到，以便提醒他，让他有所顾念，可是任盈盈却只应不动。文中是这样描述的：“她心中在想：‘我待你如何，你早已知道。你如以我为重，决意救我下山，你自会取胜。你如以师父为重，我便是拉住你衣袖哀哀求告，也是无用。我何必站到你的面前来提醒你？’深觉两情相悦，贵乎自然，倘要自己有所示意之后，令狐冲再为自己打算，那可无味至极了。”

“两情相悦，贵乎自然”，这也是任盈盈的爱情观的体现，不卑不亢，顺其自然。要知道令狐冲爱的是什么，是自由。他是一个可以为知己死而无憾的人，是快意恩仇的人。如果他心不在那儿，你绑他也没用。任盈盈也正是这样的人，她根本就不屑于绑你。我爱你，可以为你死，你如果爱我，自然会爱，不需要我去求你。两人的感情是建立在理解与尊重的基础上，是两性之间成熟的爱。所以任盈盈才可以帮令狐冲救小师妹，当他忘情时，可以假装睡着看不见。换作别人，如果自己的情郎对前任一直放不下，自己舍了命救他，他一遇到前任就连命都不要了，估计早就翻脸了，要么是一哭二闹三上吊。但是她是任盈盈，她明白令狐冲的性格，她给了令狐冲时间和空间，更重要的是她也要自己的尊严。

爱上一个放不下前任的男人是个大难题，你永远很难将他的心从前任身上移开，但任盈盈聪慧的地方在于，她从不试图消除岳灵珊的存在，也没有磨灭岳灵珊在令狐冲心中的地位。相反，她尊重令狐冲对岳灵珊的感情，并尽力帮他护岳灵珊周全。她从来不去问令狐冲爱谁多一点。也许不是知道比不上，而是这个事情根本就不是任盈盈要去纠结的问题。一方面可能是她的性格、阅历使然，另一方面，倘若这个问题有解，不就是在逼令狐冲做出决断吗？以令狐冲的性格，若非心悦诚服之事，若非他自己主动许下承诺，逼他只会让他更远离你。

很多人都夸她大度，甚至说是男人结婚的理想对象，也许这只是一部分男人想为自己吃着碗里想着锅里的行为找的借口。但任盈盈真的是一个有智慧的女性，她在这份感情里一直是独立、自主的，没有一丝一毫的卑微、强求，值得我们许多人学习。

Three

现代人的爱情里，多数人不可能一生只爱一人，而是会爱上好些人，而每一个都可能是真爱。在感情的天平上，始终无法精准称量。

对前任放不下的人，就好像心里一直有个位置放着个人，他腾不出来，你也进不去。张爱玲说得对，娶了红玫瑰，就变成蚊子血，白色的就是“床前明月光”；娶了白玫瑰，就是一粒饭，红的就是心口的朱砂痣。人总是想要很多很多别人的爱，才能够证明自己活得够精彩。自古只听人道公子如何多情风流，谁去数过他们碎掉了多少颗心?

装着前任的人，他始终放不下，他对你的好，也只是带着歉意的喜欢，但人因为贪恋那一点好，便会念念不忘。明知道自己要的东西他给不了，却因为那点好，便以为可以抓住点其他什么东西。

生活中的人并不是任盈盈他们，也没有一个可以这么肆意的江湖环境。如果你没有任盈盈那样的智慧与魄力，在爱情里足够独立与自主，能爱得起，能放得下，那你对那些对前任放不下的人，远观就好，别去碰了。

爱就是一场赌博，这样的爱，筹码都在别人家，你只有自己。不能确保你爱上的是什么人，也没有剧本可预知是否会幸福。太多人误以为自己有超能力，以为能够换回一颗只属于自己的心。这种犯傻的事，能不做就不做。理性才是你生活的筹码。

你要的被依赖太肤浅，我做不到

和朋友老龟在吃烧烤时，聊起了追女生的话题。老龟说：“现在的女生好难追，一个个赚那么高工资，自己又能买车买房，我们这些穷小子怎么能够被你们看上眼？”我白了他一眼：“你就说自己能力不够就好了，不要把责任怪到女孩头上来。”老龟有些不服气：“明明就是你们太独立、太要强，不用依赖男生，这样在一起怎么可能长久呢？”

听到这句话，有点耳熟。几年前，前男友和我分手时说我太强势，不懂得依赖。当时想了很久，他真的不懂我对他的依赖吗？直到后来，能够做回普通朋友聊天时，忍不住问了一下。他说因为我很多事情都是靠自己搞定，别的女生要问男朋友主意，我却经常自己就做好决定。出去玩时，别的女生是路痴，要紧紧跟着男朋友，我却可以搞定攻略，开着导航带着他一路狂奔。就连拧个矿泉水瓶盖，别的女生都要等男朋友来拧，我却连啤酒瓶盖都可以自己用打火机撬开。

在我看来，他讲的这些都是一个人应该具备的生活技能。也许是从小的教育环境和成长经历使然，我接受的教育是人要对自己负责的，可以请求帮助，但自己能完成的事就要自己完成，父母也不会干涉我的人生，而是让我自由地选择和承担后果。很多人说女孩要富养，男孩要穷养，但我一向觉得应该是穷富养兼具，没理由把女儿养成一个公主才是可爱的。

而前男友所谓的不懂依赖，我想也许他从来没有体会到，我每做一个重要决定时都会与他商量，听取他的意见再定夺，只是我不像其他女生把决定权交给他。而且许多事情，我不会与朋友讲，却只会告诉他一个人。不开心的时候，想到的第一个人往往是他。可是他却因为拧瓶盖、找路这种生存技能级别的小事，觉得我没有给他需要的被依赖感，只能说他寻求的这种被依赖感太过肤浅。情感上确实需要依赖，但并非如此浅薄。

电影《伊丽莎白镇》里男主角的母亲在其丈夫葬礼上的一席话，让人尤为动容。她笑着讲述自己如何在丈夫离世后学习开车，去银行办理业务，学会修马桶，学跳舞，学料理，来让自己适应没有人可依赖的生活，学会忘掉悲伤。这也许才是爱里的依赖，不是装嗔撒娇地示弱，而是自然而然地信赖。我不是不会做这些事情，而是你在时会偷一下懒。我并不需要假装我不会，而是你更愿意帮我做，我也愿意你帮忙。我对你的依赖，是情感上的，是融进了生活的点滴。

而我们常常误会了依赖的含义。多少所谓的专家，声称女性要学会示弱，让你的男人感到有尊严，爱情和婚姻才会长久。诚然，在这个社会上，女性表现自己柔弱的一面，有可能比用强硬态度会收到更好的效果。但是一味地强调女性要通过示弱来保护男性的尊严，从而保住两人的关系，这样的示弱，和假装高潮来保护男人易碎的自尊心之间有什么区别？

心理学上的依赖是指一个人要依靠别人而不能自立或自给，可能会造成人丧失独立生活的能力，缺乏对生活的责任感，不能适应社会生活。有些人觉得宠爱女朋友，就是让她依赖自己，让她离开了自己不能活，而有些女生也甘于享受这样的宠爱。但当一个男朋友需要女朋友的依赖才能证明自己时，说明这个人并不自信。因为你是依靠外界的依赖来证明自己是有价值的。自信这种东西应当是由内而外的，假如是因他人而及自己，说明你的自信并不牢固。

之前看过一则新闻，是讲一个男孩子怕自己漂亮的女朋友被别人抢走，就带着她吃尽美食，把她养成了 90 公斤的胖子，说这样就不会有人追她了，还向她求婚了。很多人开玩笑说这是爱你就是把你喂胖，可是我却为那位女生感到悲哀。这个男朋友是有多不自信，需要靠这样的方式来证明、守住自己的爱。而女生用不健康的生活方式增肥，毁掉应有的美丽，还感到甜蜜不已，不知道是不是缺心眼。只有不自信的男人，才需要靠把你和他绑架在一起，来证明他的爱和能力。

钱钟书和杨绛，应该是许多人心中爱情的典范。看到杨绛先生回忆钱钟书先生的话，那些至淡的词句中，却是永恒的爱意。钱钟书不谙世事，不太懂怎么照顾自己，本来也是富家小姐的杨绛却为了他甘当灶下婢，包揽了所有的家务活，照顾他的饮食起居，一心一意助他写出了《围城》等著作。这样看来，似乎钱钟书更依赖杨绛。但是，杨绛先生却说自己把钱钟书看得更重要，比自己更有价值，她这一生做得最好的工作就是“钱钟书生命中的杨绛”。这样的话，听上去比海誓山盟还要动人。

钱钟书曾说杨绛是“妻子、情人、知己”三合一，他们是各自独立又彼此依赖的，不仅是生活里的小事，还在于精神上。既有自己的观点，又能与对方达成共识。既需要对方照顾生活，又在这点滴间互相需要。这样的感情，才更持久。在人格的独立与完整的基础上产生的依赖，才是亲密关系中的润滑剂。

生活中常常有女生号称“女汉子”，而她们所谓的“女汉子”特征主要就是自己会修马桶、修电脑诸如此类。甚至有些女生因为看到小强时没有尖叫，而被认为是勇敢。其实这些事情真的只是小事，只是很基本的生存技能，并不值得炫耀。也许是社会对女性特征的定义里，女性就应该是柔弱胆小的，很多事情是不会做的。所以，会去做的女生就会被认为是“汉子”。就好像有些人说女生不要太聪明，太有主见，不然 hold 不住的。其实说这话的人智商和情商可能也不太够。

有些人不会这些小事，只是因为从小爹妈都帮她做好了。如果有人可以帮她一辈子，她是可能永远都不会的。但说真的，这样有时真的很蠢。有些女孩说，我有男朋友可以帮我做这些事，我不用会的。确实有他在，你可以不做，但你不可以不会。因为如果你是成年人，有些事是必须会的。生活不是靠撒娇和眼泪就可以装蒜过去的。这种肤浅的依赖，只会造成对你的伤害。假如你的男朋友觉得你蠢萌才可爱，所以你就装作很傻很天真的样子，然后又觉得自己很聪明，很懂男人心，那你也将自己降低到和他一样的水平上了。

人与人之间的关系，需要有一定的依赖成分。特别是亲密关系中，要有依赖才能维持下去。若都太独立，可能仅会是朋友。要有依赖，才让彼此的生命有不可或缺的感觉。但这种依赖，应该是建立在大家的人格独立上，而不是靠男朋友拧瓶盖、修电脑这种生存技能的小事来体现的。除了生活上的依赖，更重要的是精神上的依赖。如果他要的被依赖感是那么肤浅，那这样的关系，你也维持不了多久。

那些二十几岁还没有谈过恋爱的姑娘

当我脑海里涌现出标题这句话时，我第一个想起的就是小洵姑娘。小洵长得很甜美，笑起来眼睛弯弯的，性格也温柔，待人亲切。作为一个乖乖女，从小她就不用父母操心，在大家叛逆发疯的青春期，她依然是个安静的好学生。顺顺利利地考了个不错的大学，毕业后就在一家企业工作到现在。每天准时上下班，周末和闺蜜逛逛街，看看电影。生活虽然平平淡淡，但也像她的人一样，至少是恬静安逸的。

也许在众多亲戚长辈眼里，在 25 岁前，小洵姑娘就是别人家孩子的典范，可是到现在她的人生大事还没着落，眼看着要过了 25 岁就不那么美了。虽然毕业后一直都在相亲中，但几乎每次都是不了了之。每次一谈及此事，和父母关系一向很好的小洵都会和父母闹得不愉快，争吵到最后往往就是以母女在哭、父亲在旁边叹气收场。

其实小洵心里一直有个疙瘩，就是自己从来没有真正谈过恋爱。虽然她也不抵触相亲，也觉得有可能会遇到真爱，但她总觉得自己的人生是不是缺了什么。小洵姑娘以前读书时，也常有人追，但当时她听父母的话，不能早恋，于是全都拒绝了。大学时也有人追，可惜她都不喜欢。就像歌里唱的，“出现的人不喜欢，喜欢的人不出现”。

可是一毕业，父母就开始紧张了，马上开始帮她安排相亲。对此，小洵只能苦笑着说，她父母就是网上说的那种要求你读书不能早恋，但一毕业就要你带个男朋友回家的父母。最近母女俩又为这事吵架了。

小洵的阿姨介绍了一个在银行工作的男孩子，长得斯文，也很有礼貌，各方面条件都不错。小洵和对方见过面，也聊过微信，但慢慢就没有联系了。这次小洵妈妈就问小洵为什么不再和对方联系了。小洵解释说，可能都感觉一般，大家没什么好聊的，所以就完了。可是说着说着，小洵妈妈就生气了，责怪小洵对婚姻大事不上心，都快 26 岁了，再下去就没得挑了。

小洵坐在我家的沙发里，擦了擦眼睛："我也不和我妈吵了，这事又不是一个巴掌就能拍响的。只是有时想想，自己的青春真是空白，没有谈过什么恋爱，就要谈婚论嫁。为什么我从来都没有谈过恋爱呢？"

我问她："那你有想过是什么原因吗？"

"嗯，其实也有去想过，自己肯定是有原因的。我从小不善交际，朋友圈子也小，多是和女孩玩，以前都很少和男同学聊天。好像自己也是个有点乏味的人，并没有什么亮点吧，自然也没有吸引到什么人，所以只能走上相亲这条看市场规则的路啦。"小洵有点自嘲地说道。

"唉，你很好的，每个人都有亮点的。你可能是缘分未到。最好的往往在最后呢。"我只好这样安慰她。

我认识的女孩中，细数一下也有很多人像小洵这样子的。她们个性不同，或飞扬洒脱，或温婉贤淑，就算按照好姑娘的标准来形容也不过分。有些人可能还在某方面很优秀，也许是工作出色，或者是为人处世周到大方。但是，不知道为什么，感情经历却是极少，甚至没有。

对于那些二十几岁仍没谈过恋爱的姑娘来说，没有谈恋爱的经验，就好像人生少修习了一门必修课。虽然有人考试不及格，但是也好过从来没有机会上过课的人。老歌是一个有点大大咧咧的女孩子，有一帮很好的兄弟，但是也没有谈过恋爱。有次她就说："你知道每次那些人问你感情经历时，一听到你没有谈过恋爱，那个眼神就好像你是一个失败者，是没有人要的。你到二十几岁仍没有谈恋爱，也许就是因为你有问题了。"老歌翻了个白眼，"就好像你如果不婚，别人就会觉得你有毛病一样。"

但到底是有什么问题呢？有些人会说，应该是因为她们长得丑，没有女人味，不够性感。但这样评论却不全对，我也见过有些姑娘很漂亮，也很懂穿衣打扮之道，甚至所有人都以为她们应该有男朋友的，但是这么多年来都是单身一人。如果问她们为什么，也许每个人都有很多个不同的答案。例如，性格内向，不懂交际，圈子太小，认识的男人太少，看多了偶像剧，有太多不切实际的幻想，不懂得与异性相处，还有长得丑。当然还有一个放之四海皆准的真理，就是缘分还没到。

当年，年轻的铁凝去看冰心时，冰心问她有没有对象，铁凝说还没有找。但 90 岁的冰心和她说：“你不要找，你要等。”所以铁凝等到了 50 岁，遇到了华生。这句话也成为许多未遇到至爱之人的指明灯。爱情确实不是靠找就有的，还是要靠等的。但不是所有人都能像铁凝一样等得到。有的人可能半路折返，有的人可能孤独终老。在人生还未尘埃落定时，所有人都是在等，只是有的人着急，有的人淡定。

相比那些有过恋爱经历但仍被逼婚的姑娘，没有谈过恋爱的姑娘可能会有更多的纠结与不甘心。一方面面临家里催婚的压力，另一方面自己还保留着期待爱情的少女情怀。也许是恋爱经历的缺乏，有些人对恋爱有着更美好的期待。可是年岁渐长，经历更多后，她们不可能真的像少女一样去考虑感情问题，而是会考虑更多实际的事情。

当到了一定的年龄，家庭和舆论的压力，还有她们自己的人生观影响，让她们不得不考虑去为自己寻找一个合适的结婚对象，而不只是一个恋爱对象。但她们也深知合适的对象并不等于是可以谈情说爱的男朋友，可是自己没有谈过恋爱，也会心有不甘，难道就要这样步入婚姻的坟墓了吗？

这也许是她们共同面临的困境。有位姑娘曾说，也许将来自己就会找一个合适的人结婚，不像以前老是纠结自己没有谈过恋爱，没有遇到过彼此喜欢的人。她说也许这就是她选择的将就。“毕竟不可能永无止境地去等一个不知道有没有的人。虽然每个人都说感情靠缘分，但那都是别人说的美好。我自己也没遇见过，但生活终究是生活。”我想，她说的将就，是对生活的将就吧。因为执着的尽头不知是什么，所以她会选择一条相对安全稳妥的路。

网上有很多流行的情感语录，都喜欢化用冰心老人这句“你不要找，你要等”，告诉那些感情还没着落的人，你要相信，你的爱情在路上，只要你等，你的缘分一定会来的，你只要先好好爱自己就好了。

每次看到一些姑娘转发这样的话，我就想，面对这个无人能解的大难题，我们都是如此卑微。从古至今，都是如此。真的是“得不到的永远在骚动，被偏爱的都有恃无恐”。时代的年轮走过一圈又一圈，始终是红颜易老，岁月无情。

年少时读过席慕蓉的诗《千年的愿望》，里面有几句：“多少枝花，多少个闲情的少女，想她们在玉阶上转回以后，也只能枉然地剪下玫瑰，插入瓶中……”

这一幕很是形象生动，一下子就记在脑海里了。但当时不懂为什么她们要剪下玫瑰插入瓶中，为何她们要心情枉然？直到后来读到“花开堪折直须折，莫待无花空折枝”，才隐约懂得青春流逝的枉然。古代的女子养在深闺人不知，终身大事要靠父母之命媒妁之言，只能盼命运赐予有情郎。而像有些身不由己的女子，如青楼女子、宫女，没人做主，只能枉然地看落花流水，年年岁岁。

即使时光流转，今天的女孩子，在面对易逝的青春，期待美好的爱情时，与几千年前的闺中少女，也许内心的感受是相似的。《红楼梦》里的黛玉听到“原来姹紫嫣红开遍，似这般都付与断井残垣”“只为你如花美眷，似水流年”这些曲词时便心动神摇，感怜身世。与今天我们借情感语录表达的心境都是相通的。对爱的期待之心，从不因岁月、人心而有所变化。也许这因爱的不可琢磨，不可计划，让每个时代的姑娘都会在韶华时节，感叹花开花落无人知。

但今天那些二十几岁还没有谈过恋爱的姑娘，依然要像古代的少女一样，只能用等待与仰望的姿态对待爱情、对待人生吗？我问了好些人有没有想过要改变自己，每个人给我的答案都不一样，这里面有很多人喜欢当下的自己，也有人想过改变，但似乎并不习惯那样的自己。归结起来，比起那些觉得没谈过恋爱很奇怪的人，这些姑娘却更坦然接受当下自己的状态。我突然想起一句歌词“要被爱刻意自爱，怎能自在”，接受自己，并喜欢自己，不为了谁而改变，才是更高级的自爱吧。

自从上次和父母吵架后，小洵姑娘好像有点看开了，又兴致勃勃地去报了健身班、木艺班，还刺十字绣。我问她怎么突然变上进了。她说那天和我聊完后，觉得自己的世界太小了，只看到了自己，于是干脆去学点有意思的东西。生活一忙碌起来，反而和父母争吵越少，越看得开了。

她说：“既然现在都说服不了彼此，既然我们在这个问题上实在难以达成一致的意见，想想将来结婚、生孩子还会有更多不能调和的矛盾，那就不要试图说服对方了。我也知道父母在这件事上承受的压力比我大，那他们说什么我就听着，但做什么决定还是看我自己。”她摇了摇头，“偶尔也还是会吵，但矛盾是消灭不了，不过我心态一平和，反而也不生我妈的气了。”

我想了想又问了一句：“那你不再纠结于结婚对象和恋爱对象的问题了吗？”

小洵歪了一下脑袋，俏皮地一笑：“纠结个头，纠结也没个结果。我突然想通了，等我遇到了什么人就知道是什么样子了。也许我的爱情就和我这个人一样，属于波澜不惊、细水长流的。也没有人说得出来爱情究竟是什么模样，没有规定它一定是什么方式。到时我觉得是就是了。虽然我二十几岁还没有谈过恋爱，但想想我这些年来过得基本都是开心的。虽然大家会说一直没有谈恋爱的人可能有问题，但谈了恋爱的人也有很多问题啊。每个人对幸福的理解都不一样，其实这种平静恬淡的生活，对我而言就是幸福。”小洵说着笑了，眼睛弯得像一轮明月。

听到小洵姑娘自己转过弯来，我也觉得欢喜。也许，还是有很多姑娘到了二十几岁还没有谈过恋爱，从小到大就桃花运平平。虽然你可能还没有遇到过爱情，虽然你可能还是会被认为有问题，但生活，本来就是如人饮水，冷暖自知。观众和演员都是自己，取悦自己就好了，他人的眼光和评价并不能完全主宰你的生活，除非你愿意任人主宰。

也许你还在恋爱对象与结婚对象中纠结挣扎，也许你还会困惑于缘分是否存在，也许你还在怀疑是否有爱情，不过这些问题也不是你一个人的困惑，这可能是从古至今大家都问过的问题。与其纠结这些可能无解的问题，不如把时间和精力放在你当下的生活里。

那些二十几岁还没有谈过恋爱的姑娘，你们还年轻，人生还很漫长。别以为二十几岁就会尘埃落定，未来永远有无限可能。想要拥有爱与被爱的能力，并非都是要靠实践和受伤来学会。人生的精彩与否并非要靠丰富的情史。

人们说婚姻是人生大事，但做好自己可能才更是人生大事。如果你能做到接纳自己，喜爱自己，做好自己，在看清生活的本质后，依然热爱生活，你会认识到生活中有很多事是不可控的，也并非努力就会有的。既然如此，坦然接受生命里的无常与不完美，认真地做好自己。境由心生，不是自己做好了就马上有爱情来临，而是做好自己，会比等待谁来爱你更有价值，这样，你会拥有一个更好的生活，拥有谁也夺不走的爱。

你的暗恋，不过是想象勾勒的梦境

6 岁时，邻居家的小哥哥拿着一个魔方来，看着他“噼里啪啦”一眨眼就拼好完整的一面，我惊喜地尖叫，马上嚷嚷着让他教我。他不肯，拿着魔方跑了，我追着他在小区花园里跑了三四圈。那时候我总是跟在他屁股后面，跟着他玩沙土，打水仗，踢皮球。玩到白色的小裙子上都沾满了泥土，我也不在乎。

可是，后来他要搬走了。我知道这消息，匆匆忙忙跑去他家时，他跟着父母正准备出发。小哥哥塞了那个魔方和一支棒棒糖给我，对我说以后还会回来找我玩的。

魔方和棒棒糖被我装在最宝贵的小盒子里。直到有一天棒棒糖融掉了，一直保留着只拼好一面的魔方上也沾上了糖液，黏糊糊的。

12 岁时，后桌的男孩子总是喜欢拿笔戳我的衣服，问我英语题。我每次都要回头瞪他一眼，警告他下次不准再戳我，可他从来都笑嘻嘻地不听。他总是和我说他们足球队的事，他去旅游过的城市，还有他收集的各种破烂的小玩意儿。我们交流看过的书，听过的有趣的故事，兴冲冲地分享捡到的东西。我每天都盼望着去上学，有时去早了，他还没来，便东张西望。

同班同学开始传我们俩的绯闻，他总是笑嘻嘻地听着，可是我却很生气，极力辩解。只要有人一说，我的脸就变成番茄那样红。为了杜绝绯闻，我就决定再也不和他说话了，在任何场合都与他划清界限。他递过小纸条向我道歉，拿了他的小玩意儿送给我，可是当时我都一概不理。再后来，我们就成了陌生的同学。

18岁时，我坐在学校种着玉兰树的草坪上，悄悄地抹眼泪。敏感的青春期，动不动就和家里吵架。而且那一次月考又考砸了，思来想去，最后就莫名地哭了。哭到一半，听到有个人说："同学，给你纸巾。"

仰头一望，穿着白色校服的少年有点尴尬地看着我。

"谢谢。"我哑着嗓子回答，慌乱地接过纸巾，捏在手里，再也不敢抬头。等眼角瞄到他走远了，才偷偷看了一眼他的背影。

也许是因为记住了那张脸，之后发现几乎每天都会遇到他，早晨读英语的花圃旁，做课间操的操场，在食堂排队的队伍里，回寝室的路上。我总是偷偷望着他的背影或侧脸，如果他转过身来，我就立马低头。

可是，多年以后，我竟偶然在朋友家邂逅了当年暗恋的这个人。那个穿着白色校服的少年，换了一身衬衫西裤，侃侃而谈自己的生意经。脸上写满了精明，眉眼再也没有当年的诚挚。他像对待其他陌生人一样，热情地与我握手，双手递给我名片，礼貌周到地询问我的工作情况，谈今年的经济形势，最近的股票行情。我却没有想和他攀谈的欲望。

当年因为总是会想起他，不能安静地看书。但也因为有了这份少女的心思，多了一点秘密的快乐，支撑着挺过高考的压力。

后来我还在同学群、校友网寻找他的踪迹，但都无所获，也就渐渐淡忘了。谁知道多年以后再见面，所有美好的想象都崩塌了，比见初恋还失望，仿佛被人偷走了一个温暖的回忆。

12岁时笑嘻嘻地和我胡说八道的男孩子，后来还是做回了朋友，只是我们都过了那个年龄，也不再有那么多话题可以聊了。他不再收集小玩意儿，也不再踢足球，爱上了打游戏，但是我完全听不懂。大家的朋友圈差别越来越大，喜欢的东西也不一样了，只剩下一个不会再打的电话号码。

6岁时说会再来找我玩的小哥哥，听说他们又搬了几次家，反正我之后再也没有见过他了。

那些曾经在你的生命里来过的人，那些曾经给你留下温暖甜蜜回忆的人，那些曾让你暗生过情愫的人，真的最好就留在记忆里，因为现实中的他们可能早已改变，别让他们破坏你记忆里美好的形象。

曾经有同学和我说，小学时很喜欢我，但一直不敢说。

我笑着问他："是不是现在重逢后，幻想破灭了？"

他有些不好意思地摆手说："没有，没有，你还是很好。就是……和我想的不一样，可能这么多年，你也变了，大家都变了。”

也许是人长大了，有变化了，但也许是他从来没有认识真正的我，他所指的那个他暗恋的我，可能只是他想象中的我。

暗恋一个人，理由总是千奇百怪，可能就是因为你的笑容，你的一个眼神，你随口说出的一句话。那些理由，多是轻飘飘的，没有多少依据，经不起推敲，也经不起世事变幻。

暗恋的人，可能都不太敢靠近那个暗恋的对象，不是懂得这个秘密经不起推敲，而是要小心翼翼地守护这个秘密，不敢让其他人发现，特别是那个被暗恋的人。

越是不敢靠近，越不能了解你所暗恋的那个人。

但这有什么关系呢？或许这就是暗恋最美的地方，你用自己的想象力勾勒了一个你心中完美的人，让那个人成为你青春里的独享秘密，即便是多年以后一个失眠的夜晚，你想起时会雀跃欢喜，偷偷微笑。

暗恋就是一场独角戏。每一次的暗恋，主角都是你，而且你一个人就可以完成所有的戏份，你也是唯一的观众。而你暗恋的那个人，最多给一个背影就足够了。这场戏足够让你尽情地表达情感，足够让你演完一个可以惊艳青春的故事。

18 岁时，我很喜欢纳兰容若的那句诗词——“人生若只如初见”。我期望时间不要继续走，停留在我初见他的那个秋日午后。或许我可以有勇气多看几眼，敢再和他多说两句话。我希望他永远是那个干净的少年，不要变，我们都不要长大。

可是，我忘了，这句话有个“若”字，人生永远不可能如初见，时间不允许，我们的好奇心也不允许。

其实人生初见，应该多是美好的，因为我们都不够了解，我们只是爱上了第一眼见到的那个人，他的一颦一笑，或者只是因为那天飘过的云很白很美，吹过的微风很凉爽，而他刚好经过，站在那个画卷的中心。

可是人的好奇心，或者想要得到爱的心，可能会破坏掉初见的美。那些暗恋过的人，就应该收藏在日记里或者回忆里，但我们有时却偏偏忍不住想知道关于他的更多消息，想了解他的现状，想在自己足够勇敢时坦白那一份情感，想让自己知道要配上他还要多努力。

可是，当你真的接近他、了解他时，也许你会失望。不知有多少人，将初见时的怦然生生地逼成了枉然。从此，秘密不再甜蜜，而是一种青涩的负担。从此，回忆里缺少一个粉色的角落，你可能会觉得曾经的自己怎么那么可笑，眼光怎么那么差。

其实我们在想象中暗恋就好了，何必要去寻求真相呢？

有一天，我才懂得，我念念不忘的那个人，并不是初见后他就变了，而是他原来就是如此。

世上有许多一见钟情，但真正能钟情到老的却不多。我们只道是人心易变，以为是人生难如初见，却忘记了，可能是我们加了太多想象，却还要将想象叠加到现实中。

有人说，热爱生活是看清生活的真相后，依然热爱它。爱是看清一个人，知道他的缺点后，还能一如既往地爱他，可是暗恋不是。

暗恋是做一场梦，自己导一场戏，比起那个被暗恋的人来说，可能你自己的感觉才是重点。暗恋就是用想象力勾勒的一场梦，如果落地了，梦就会醒。

也许对每一个我们喜欢过的人，我们都善于给他加上我们的想象。或许每个人对于理想的伴侣，都是先有一个模板的。为什么每一对情侣都曾经试图改变对方，因为我们都有一个先入为主的印象。

而暗恋一个人，既没有权利去要求对方，也没有勇气去承认真实的他是不完美的。所以，这也是暗恋卑微的地方。

最美好的暗恋也许就是初见时惊艳，想念时遥远不可靠近。念想时保持距离，从来不敢回头寻觅，只将他最美好的模样留在记忆里。

就好像6岁时遇见的小哥哥，当然那也不算暗恋，只是一个故人。世事蹉跎，相逢惊喜，再无机会重逢也是好的。在记忆里，他就永远是那个拿着魔方边跑边在我前面对我笑的孩子。

郭襄16岁时遇见了杨过，从此一生牵挂着他，寻觅着他，却再不得见。16岁的那一场相逢，竟成了她这一生最美的写照。之后没有再遇到过杨过，也是好的。

对于郭襄来说，心想着她心目中的大哥哥，骑着毛驴，四处游历，靠着这份想念与回忆，就足以度过生命中的许多时光。说起来，似乎有些心酸。但很多人，就是抓着这一点念想，靠着这一份想象，拒绝了其他人的爱意，忧伤地度过某一段时光。

郭襄没有见过那个浮躁、傲气的少年杨过，她只见到了经历过沧桑、真情不变、武功绝世、身怀侠气的中年杨过。对小郭襄来说，他就是那个如彩虹般的人，之后再见到的人自然都抵不过他。

对于郭襄来说，杨过是完美的，郭襄将她对于爱情的想象可能都给了杨过。正因如此，她才会这样念念不忘。

暗恋是自己为自己编织的一场梦，我们为自己勾勒了一个完美的暗恋对象，寄予了对爱情的最美幻想。只有修过了暗恋这门课，我们才懂得喜欢一个人时的心情，懂得那种小心翼翼的卑微，才有可能遇见下一段真心相爱的感情。我们在暗恋中学习爱，学会成长。

而那个暗恋的人，如果可以，就让他永远保持想象中的样子，别去打破这个梦，让自己永远珍藏着他最好的模样，一如自己曾经惊艳过别人青春的模样。

好的感情不是让你变得矫情

T 小姐拍拖了。常言道：恋爱中的女人和平时是不一样的。T 小姐也不例外，变成了一个十足的小女生。

比如，面对他时声音立马变嗲，男友说什么都是对的。

比如，下班时天下雨了，就算自己带了伞，也要打个电话让男友来接。

比如，时不时要晒点小幸福，发点爱情感悟："上帝让你等，一定是有道理的，一定有人也在等你。"

再后来，热恋期过了，就没有最初那么甜蜜了。

比如，常常因为男友没有打来晚安电话而睡不好觉。

比如，下雨天再让男友来接时，他也会说忙，让 T 小姐自己打个的。

比如，开始半夜发"心情好低落，想着想着眼泪就掉下来了。此条请不要评论"诸如此类的话，原因不过是和男友吵架了。

虽然所有人都觉得感情变淡也是可以接受的，但没想到，没多久 T 小姐就失恋了。失恋的原因是男友觉得两个人不合适，T 小姐太黏人了，没给他足够的空间。

失恋的 T 小姐难过得不得了，于是打了很多电话给朋友们倾诉。从两个人暧昧时的小细节，讲到热恋时甜蜜的瞬间，再讲到现在失恋痛不欲生的心情。

同时，T小姐开始爱情导师附体，比如半夜三更更博、更朋友圈，转发各种爱情语录，天天情啊爱啊的。有时还写一些话，比如今天一个人去某地做了什么事，虽然是自己一个人，但还是很快乐。

这不，刚刚T小姐又打来了电话，说前男友问她最近过得好吗，但是她发现了前男友似乎有新欢的痕迹，问我应该怎么办。正在感冒的我心情有些烦躁，就回了她一句："他有新欢关你屁事！你过得好不好，他也不会关心的，人家就随口问问，你不要再这么矫情了好吗？"T小姐听完就哭了，然后就把电话挂了。

好了，我又做错事了。可是，姑娘，你知道吗，好的感情不是让你变得矫情。那些能让你想太多的感情必然不是好感情，虽然女人天生爱多想。

从暧昧开始，所有的女生都喜欢自行脑补，对方说这话是什么用意，他的眼神里究竟是否藏着爱意，就算想想也能欢喜雀跃。然后花点小心思，让他知道自己的心意。在这个时候，矫情也算是个好的润滑剂。

可是矫情这种东西，适可而止就好，过了就招人烦，不仅矫情对象烦，围观群众也烦了。《撒娇女人最好命》里，恭志强的女朋友一句"人家不要吃兔兔，兔兔好可怜的哦"，让许多观众差点笑出内伤，真的好想让华妃甩她一耳光，"贱人就是矫情"。

曾有朋友说一个人的感情状态，很容易就能看出来，因为人总忍不住犯点小贱。比如会开始思考感情问题，并询问身边的人“爱情是什么感觉”诸如此类没有答案的问题，这或许就是暧昧渐生时。比如会喜欢发点似是而非、有些暧昧的话，像是发给某个人看的感觉，也许就是在试探对方了。对着他时，什么事都做不好，连个瓶盖都拧不开，只是为了依赖感。明明只是一件小事，非要吵个天翻地覆，也许就是想让他知道自己有多在乎他。

适当的矫情并不是坏事，但是姑娘，好的感情不是让你变得矫情，它应该是让你成长，而不是让你做作。在所谓的爱情面前，我们都不够有勇气去面对对方，甚至都不知道那是爱情呢，还是只是“荷尔蒙在荡漾”。所以，我们变得矫情，期望以此探明彼此的爱有几分。

可是这样的一试再试，常常把自己搞得狼狈不堪。因为你并不确定你们之间的感情，亦不能肯定你在他心中的分量。

好的感情必定是两个拥有独立人格的人在一起，它会让你成长。就像一棵树，能够吸收阳光，也能接受雨露滋润。它扎根于泥土，一心向上生长，不仅为了美，还为了成长。而花，终究只是美，没有自我生存的能力。

好的感情应该是让你成长，而不是让你做作。你可以任性自由地做自己，而不必担心他是否介意。你可以独立自主，而这样也不会给对方压力。你不需要因为喜欢他，而刻意变成你认为的他喜欢的样子。你也不必写一些话，去猜度、去试探他能明白几分情意。就算是失恋了，也不会因此就失去生活的重心。失恋后，太多感觉就应如人饮水，冷暖自知，所以见好就收。

歌词里说，“只是女人容易一往情深，总是为情所困，终于越陷越深”，道理懂了未必就能做到，但做不到的就不算懂。人这一辈子，也得矫情那么一两次。曾经你喜欢那个人时，觉得他全身上下都是光，但有一天，你回头看，会觉得当时自己的眼光怎么那么差，也许你过了那个矫情的时候了。

几句话，给将上大学的你

晨妹妹，你就要上大学了，那天你问我要准备什么，我说，除了你的行李，还需要准备你的心态，你整个人的状态。你又问我最喜欢大学的什么，看着你一脸的兴奋，我仿佛看到了曾经的自己。偶然兴起，决定写几句话给你，当是一个过来人的几点建议吧。

第一，大学是一个能让你更好地了解自己、发现自己的地方，它也是一个亚社会，所以你不要对自己设限，要多加尝试。

我刚上大学时，和你一样兴奋，也和你一样以为自己是个大人了，以为自己很成熟，有完整的三观了，直到大学快毕业才发现，三观可以被毁，节操可以是路人。开个玩笑，在大学里，你的很多观点会被改变，会被重塑。时至今日，我也不敢说我会一直持现在的观点不变。也许生活有趣的地方便在于这种变化，你永远不知道下一次会摸到什么牌，你也不知道到时候自己会想出哪张牌。

读大学，这是你第一次像一个成年人一样去独自面对生活，承担责任，解决你遇到的所有问题。我觉得，现在的大学更像一个亚社会，已不再是当年的象牙塔，这里也会是你离开家、独自去体会生活的开始。

成长必定是孤独的，只有当你去面对一切时，你才能发现、了解自己。比起拿一个文凭，了解自己更重要。

所以，希望你不要对自己设限，要勇于犯错。比起高中，大学提供了更多机会，让你去发现潜能，寻找自己真正喜欢的事物。你从小比较胆小，对自己不了解的东西就不敢去尝试。我觉得你应该稍微改变一下，试着先了解，再决定要不要继续做。因为，当你不了解一样东西时，你就不去尝试，你说你不喜欢，其实是你臆想的。只有试过，你才知道是不是适合自己的。

多读书，读各种各样的书。多参加各种活动，不管是校内的还是校外的，有报酬的还是没有报酬的。多与不同的人交流，不要限制自己一定要认识什么样的人。在其中，你可能会发现自己一生的爱好，或者朋友。

我觉得，只有当一个人勇于去探索世界时，他才会变得丰富，但也会发现自己很无知。但唯有这样，才能让自己更加丰富、有趣。我们都是平凡的人，但是要做一个丰富、有趣的平凡人。

第二，培养学习能力和思考能力，它会让你一生受益匪浅。

我不知道你在以前的教育中有没有体会到，学习能力的强弱无非是一个思维和方法问题。不管你是不是体会到，都希望你在大学里学会独立思考，不要等别人来告诉你答案。学习是一生的事，不仅仅是学知识，还有生活。

要学习的东西，不仅来源于课堂、书本，还来源于他人、生活。我也不知道怎么定义它，但可以举点例子形容一下。例如，你看到你同学做了什么事，听到他说了什么话，你觉得那并不合适，你会告诫自己不可以犯这种错误，自己以后要怎么做，也就是以他人为镜吧。又例如，你喜欢上了某一项技能，然后你去网络搜索它，去了解它，还询问懂的人，并且自己去尝试掌握它。不管你最终有没有学成，这个过程就已体现了你的学习能力。希望你多留意生活，多观察人性，多独立思考，这些都是一个人可以用之一生的学习能力。每个普通人的生活基本都是相似的，唯有你对生活的理解、对人生的思考，从而形成的看法、见识，才让你的生活与他人不同。

第三，不要像被时间推着走一样过完你的大学，你需要规划你的大学四年，对未来要有方向感。

从这里开始，你要学会对自己有所规划，要找到方向。你要学会自己掌控生活，想清楚自己要什么样的人生。

首先，可以给你一点我对大学四年的规划建议：

大一，just try，never shy。这一年，请你尽可能地、勇敢地去尝试所有你感兴趣的东西，哪怕这个兴趣只是一闪而过的念头。你只需要好好去享受你的大学生活，不需要有多少压力。

大二，你不可以再像大一那样全去尝试，而要将你的精力和时间放在你真正喜欢并认为有意义有价值的事情上了。经过大一的探索，你应该对自己的喜好有所了解了。你现在要做的是有选择性地去坚持其中一些。而且大二了，可以开始考虑毕业后想走哪条路，当然无非就是工作和继续深造两条大路，具体小路就等你想好了再做决定吧。也不求你马上有答案，但自己要去想这个问题，不要等着别人来安排你的未来。

大三，这一年可能你会有更大的压力，可能彷徨、迷茫。这时候你应该想好你的大路，并开始为它做准备了。继续深造的话，是不是要准备去学什么，准备考试；工作的话，是不是应该先去实习。你不可以再像大一那样傻乐着过日子了。我总觉得，在你上了大学到后来很长一段时间里，你会发现那种最简单的傻乐的感觉可能只存在高考结束的那天晚上。是的，你一定会怀念你的高中生活，就算现在的你说终于逃脱了，可过不了多久你就会怀念它。

大四，好好珍惜你仅剩的大学时光，好好地为未来生活打好基础。把那些所谓的大学必做的事情一件件给做了，和你的师长、朋友好好道别，你需要这一点仪式感。然后把该做好的事做好，把你的大部分精力投入到你对未来的打算上。

还有一点没有提到，就是爱情。现在我们已经不会问大学要不要谈恋爱这种愚蠢的问题。正如前面提到的，不要设限，勇于尝试就是了。在恋爱的路上，你可能会发现更好的自己。以前经常听到一句话，大意是说：爱上你，你就是我的世界。听上去情意绵绵，但却危险至极。当一个人就能占据你的世界时，那你的世界该是多么狭窄和贫瘠。好的感情，应该是让你看到更为广阔的世界。爱情，应该是两个人格独立、成熟的人之间的事。嗯，不管你们毕业后会不会分手，好好珍惜当下的人就好了。

说这么多，无非是想告诉你：大学是一个新的开始，不仅是学业，更在于你要学习独立成长，这是你成为成年人的第一步。成长，先要了解自己，才懂得自己要什么，才能为之努力、珍惜。

生活是你自己的，无人强迫你去选什么，除非你同意他人来安排你的人生。

最好的生活是得到自己喜欢的一切，所以你得先了解你自己，才能有所选择。

你如何对待生活，它也必会照样回馈于你。你随便对待生活，它也是随便待你。你认真热爱每一天，它必会馈赠爱意。

异地也许是最体面的分手理由

室友小斐要离开X市了，从上周就开始整理、打包。我和老李看着她一包包地装，两个人面面相觑。你说，一个人几年的回忆，能不能就这样打包带走？

小斐和她男朋友是大学同学，像许多大学情侣一样，毕业后因为选择了不同的城市面临分手。小斐想留在X市，她男朋友却坚持毕业后要回家乡C市，因为家里就他一个小孩，他也比较喜欢C市。后来两个人达成协议，给彼此一个缓冲期，男朋友先回C市，小斐在X市，等时机成熟后，小斐再过去C市。

对于他俩这个所谓的时机成熟，我和老李一直不能理解。问她，她说就是要么她考上C市公务员，要么男朋友事业稳定了，她再过去找工作。我们俩又穷追不舍，那这个时间是多久，要是你没考上他没稳定，那怎么办？面对这个问题，小斐的表情有些无奈：“两年吧，不行就这样吧。唉，想不到那么远啦，你们俩不要再问了，顺其自然就好。”

有时候，“顺其自然”这四个字真是百搭，它是命运强者的谦词，也可能是无法掌控情势时的自我安慰。

饯行的那天晚上，小斐有点幽幽地说道：“你们说，为什么最后是我去呢？我总想着他最后能为我来。是我爱得多一点吗？是我比较在乎他吗？唉，C市，我都不太熟。想想我也是疯了吧。唉，干杯！”说完，小斐举起手上的酒杯。

“我们也认为你疯了，干杯！”老李笑着说道，也碰了杯。

我又没心没肺地补刀：“网上说人一生中至少要有两次冲动，一次为奋不顾身的爱情，一次为说走就走的旅行。斐斐，你已经都做到了！不管结果如何，你也好歹努力过了。想回来就回来，我们在这儿等你呢！”

嘻嘻哈哈笑过后，第二天小斐就踏上了去C市的列车。在心底里，我是希望此行能让她更幸福，然而理智上，却不敢抱太大希望。因为类似失败的例子已经太多了。

假设有一个人为了你放弃原有的生活轨道，来到一个他并不熟悉的环境，适应新的生活节奏。可能除了你，他没有其他的社交关系。而这时候，唯一的你，可能还要和他经历突然拉近的距离带来的陌生感。你们要适应、妥协，处理好朝夕相处中的各种习惯怪癖，甚至是重新认识对方。假如还有婚姻关系在，他还要处理好和你家人的关系。有了矛盾，可能除了你没有其他人可以倾诉。这就是为什么很多人都说女孩子不要远嫁。如果你的世界只剩下某一个人时，那是非常危险的。

曾有朋友一毕业就选择跟男朋友回家乡，她经历的苦闷、与婆家的各种矛盾就略过不说，反正后来分手了。但她说很庆幸，虽然受伤了，但是也知道这个人不合适。如今她在那座城市重新开始生活，听说已经有新男友了。

很多人觉得结婚才是成功，才是赌赢了。可是，及早发现不合适，及早抽身结束这样的关系，不也是一种好的收获吗？

虽然不知小斐的未来如何，但有所行动，好过拿一些模糊的时间表来拖住彼此。我也不知是不是因为小斐爱男友多一点，才愿意妥协。爱又不是东西，能拿出来在天平上称出轻重吗？谈不上值不值得，只有愿不愿意。若愿意，情义是真金万两；若不愿意，狗屎都不如。

有时也常感叹，从前是一生只爱一个人，远隔千山万水，也要漂洋过海来爱你。如今，不过短短几个小时的车程，还有网络、手机，却依然无法填补爱人不在身边的缺憾，无法保全一场平凡的爱情。

为何终究抵不过异地？就算一方妥协，也未能一直走下去。是我们承诺得太容易，所以解约也太轻率吗？

我想，抵不过异地的恋爱，是抵不过彼此的成长。因为异地，不同环境，不同际遇，想法不一样了，可能价值观也变得不同。不是怕距离和时间击垮这份感情，而是怕你我差距太大，没有了共同语言，发现难以再继续同行。这时候，异地也许是最体面的分手理由了。其实就是人变了，不能爱了。

人人都说我们要放宽心，但又觉得自己心最大。我们都渴望被爱比爱多一些。从一开始面临异地，选择异地，你们已经为这段感情设下了一道鸿沟。试问，难道你没问过“为何要我妥协”“为什么他不愿意为我牺牲”这样的问题吗？

所以也能理解为什么现在很多人说不能确定未来在不在同一个地方，那最好别开始。真心都很贵，不能被世事任意蹉跎，不能随意打磨。我们都渴望像歌里唱的“但愿你对我好和真心不要草草”。

我们不是牛郎织女，不会有王母娘娘来逼你一年只能见一次，可是常常棒打感情的，不一定是时间、距离，而是骄傲的自我。

想异地并最终维系长久的感情，就要有更多耐心和理解，能在一开始就有共识，能尽可能理解彼此的生活和成长，并持续拥有共同话题，这样就算不在同一个地点，也能维护思想的高度一致，找到那个坐标，一起靠近、改变、成长、同行。

心若花开

特别喜欢和那些对生活有小心思的人在一起，因为一件平凡的事物，在他们手里能显出不一样的美丽。

曾去过一位朋友家，屋里陈设清简，却又处处透露着主人优雅的品位。当时见到长桌上摆着一个木制圆盘，虽是浅色，但从光泽上看，应该有些年月了。盘里铺满了朵朵干花瓣。一片暗红、绛紫配着木制盘，有种寂然的美。

我问她，怎么想到这样子搭配？她说，盘子是朋友家以前用的茶盘，干花是从路边小摊上一个老婆婆那儿买来的小香囊。刚开始因干花瓣的香味很重，她还将它晾在外头一段时间。现在摆在客厅里，有淡淡的花香，夹杂着木头香。我猜想也许还有陈年茶香。但朋友笑着说："茶香应该是淡得没有了，是你心理作用吧。"她一边捧着一束白色百合随意摆弄着，一边抬头和我说话。午后和煦的阳光照着，我们慵懒地说着话，岁月静好就是形容这样的时刻吧。

有时候常常觉得自己是个太过懒散的人，一不小心就会把生活过得粗糙。有段时间因为太忙，连盆栽都忘记浇水了。在炎热的夏季里，不到一个星期，好好的植物全变成枯枝烂叶了。那段时间也是天天熬夜，有空就只会倒头就睡，没有时间思考、感受，生生把生活过成了生存而已。你生活的状态，也反映了你的心态。回想每一个过得粗糙的阶段，无不是充满了抱怨与烦躁。

一直喜欢种植物多过养动物。也许是因为植物与人的关系更平等。而动物，都会变成人类的宠物。宠物对人，必是依赖的关系。它要依赖着你，要当你是主人，你要对它负责，你要宠爱它。有时，我们连自己都养不好，怎么能够负得起另一个生命的期待？但是植物不需要你来陪它，你要陪就陪，不陪它也不强求。你只要给它点水，给它养料，它就会恣意地生长。自然的天性力量，在植物身上表现得尤为明显。

年初去爬山时，天气并未彻底转暖和，还有点凉意。一路芳草萋萋，树影斑驳。一个朋友不时落队跑去林间小径上，回来时手上就多了几根树枝，有长有短。我好奇地问她捡树枝做什么，她说捡回去做相框，插到花瓶里。下山时，她捡了一大袋，大家都笑说她捡了一堆垃圾。后来去她家，见到她将小树枝用麻绳绑起来，圈成了方形，将相片、明信片嵌在其中。有几个是嵌着布，上面有她自己画的画。又见到她将一些有分叉的枝丫插在了花瓶里。虽然是残枝，可是插在白色陶瓷瓶里，却又相宜。这一些小东西，让她的家里有种质朴之美。

三毛在《拾荒记》里写自己喜欢在路上捡别人扔掉的垃圾，回来将它们在手底下复活，并为此不亦乐乎。小时候一到学期末，我就喜欢在学校里走走，可以顺手捡到很多宝贝，比如好看的笔、写字的垫板、雨伞，还可能捡到一些小玩意儿。有一次见一个朋友手上戴着个可爱的小戒指，竟然是在学校的洗手间捡来的。不是名贵首饰，却新奇、有趣，而且还是捡的。她说，每次捡到东西，自己再把它鼓捣一下又能用了，还和之前有点不一样，心里好兴奋。

能把这些本来是垃圾的东西鼓捣成新的物品的人，心里应该有一朵花。有个成语是“妙笔生花”，我想，有些人是心里有花，便能将生活弄得活色生香，就算身居陋室亦能熠熠生辉。一来是他们用心对待生活里的各个小物件，二来也许是他们对生活的乐观态度让一切都有了光彩。

最近刚好看到一些关于素仁盆景的资料。素仁盆景是岭南盆景的三大流派之一。素仁是广州海幢寺的住持，他的盆景像中国画中的写意派，以飘逸、清疏、孤雅的风格而著称，体现的是禅宗的枯寂美学，哀而不伤。再看流传下来的素仁盆景的图片，当真是如素仁大师自己所言“瘦劲高飘”。

他的代表作之一的双杆式九里香盆景，两根树干植于盆侧，挺直独立，树干底部到中部几乎是光秃秃的，无任何枝丫蔓生，直到近顶端才开始有枝叶，寥寥之意尽收眼底，而另一边纯粹就是空无一物。我第一次看到时，不禁想起了《红楼梦》开头一僧一道于大荒山无稽崖青埂峰偶遇顽石，与之对答的情景。旷世，有点苍凉，带着命运的不可知。

素仁大师说自己喜欢的材料多是别人不喜欢的，有时别人看到他找回来的树，都会发笑。因为他着重于树的枝干形态，偏爱“瘦劲高飘”，甚至是狂放的。而多数人喜欢的是枝繁叶茂的盛象。可是，经他手后，一枝枝不受常人待见的树干，却呈现出另一种辽远的美丽。一个人，要有怎样的见识与智慧，才能在平凡尘世中，找到自己最欣赏的美，并将其专注地呈现出来呢？

也许只有当我们寻觅到这份美时，才不会去问这个问题。美，本来就是因人而异，即“乱花渐欲迷人眼”。同样的事象，却能给不同的人不同的感悟。人生，亦是如此。用什么样的心态去对待人生，与人的天性、阅历相关。天性与阅历必将成就你的见识与智慧。你的生活之所以独一无二，是由你的创造和你的眼光来决定的。我们可以不用饱经世事，可以不是兰心蕙质，但面对生活都要有一颗追求至美的心。这样就好像心里盛开着花，走到哪儿，都能春暖花开。

每一次做菜的时候，人都自带光芒

曾经看过一句话，“煲汤的时候，人会显得特别温柔”，瞬间觉得心都被暖化了。自从看到这句话后，每一次我在做菜时都会幻想自己身上带着一层光。煲汤的时候，是腾腾的冒着白气的光；做糖水的时候，又是带着温甜的橘色的光；炒菜时，是侠客出剑时“咣”一声的白光。

煲汤，很多人都觉得就是把料都放进去，一锅端，煮几个钟头就好了。其实不然，不是所有东西都适合混在一起，也不是所有东西都适合同时放。就像人，不是凑一起就有化学反应，而是遇见也要看时机。

记得有一次去一个朋友家吃饭，她家只有盐和醋两种调料，连油都没有。那时刚好是冬天，煮了白萝卜和青菜，没放什么调料，却也清甜可喜。当时朋友说了句话：“喜欢食物本来的味道。像白萝卜，根部、中间、尾部，每一个部位都有不一样的味道。”愚钝如我，一直不能分清，可那句话却深深印进心里。

从此以后，煲汤时，都尽量少放调味品，只让食物本身尽情地翻滚、酝酿、融合。要给食物时间，亦如给自己时间，不着急，不慌张。煲汤是个修心的过程，因为要有耐心，愿意等，等那些原本分离的食物慢慢融汇在一起变成一锅汤。好事，都不需要着急。

做糖水时，亦是如此。我特别喜欢紫薯银耳糖水，可能是因为那一抹浓得化不开的紫色，也可能是因为那种入口即化、细滑的口感。第一次喝这道糖水时，看着朋友一手轻轻握住黑色的长发，一手掌着勺，一圈圈地搅拌，看着锅里的糖水一点点变紫、变稠。画面安静温暖，从此这位姑娘在我心中成了糖水代言人。

看一个人会不会做饭，要看他掌勺的动作。如果手势不自然，必然没有力道，怎么做都会欠缺点什么。站在灶台前，拿勺的动作、站的姿势都可以看出人的自信程度，如果他都不信自己的厨艺，必然会有些畏缩。我最恨那些小姑娘炒菜时，看到一有油溅起，就害怕地往后退，一听到菜"噼里啪啦"响，就吓得赶紧倒水，最后菜变成炒和水煮的混合体，味同嚼蜡。

我特别喜欢听青菜下锅那一刻的声音。锅已烫，油正温热，火开到最大，将叶子上还有水滴的菜全倾倒下去，"刺"一声，青菜好像炸开了锅。我一听到这声音，心里就乐开了花。好像武林侠客拔剑出鞘，喊一声"杀"，酣畅淋漓，快意江湖。那一锅里的青菜何尝不是一个江湖？手握铁勺的我，好像掌握着生杀大权。所以说，旧时代女人们在厨房灶台间寻找成就感，不是没有道理的。

最后说说一碗白粥。《射雕英雄传》里黄蓉为了让洪七公教郭靖武功，说要做菜给洪七公吃，不让他走。她说自己会做烧白菜、蒸豆腐、炖鸡蛋、白切肉等。这些都是很家常的菜，哪里是什么世间美味，就能留住洪七公？但是洪七公马上就懂了。原文里这么说："洪七公品味之精，世间稀有，深知真正的烹调高手，越是在最平常的菜肴之中，越能显出奇妙功夫。这道理与武学一般，能在平淡之中现神奇，才说得上是大宗匠的手段。"高手才能将越平常的菜色做出非凡的味道。

白粥，更是看不出需要什么技巧。小时候也不爱吃白粥，觉得太淡，没味。年岁渐长，有一天突然发现，白粥是有一股香味：米香。有人说其实是淀粉分解会有点甜，多嚼几次就有味道。可偏偏又不仅如此。煮粥的时候，最喜欢拿个小锅，撒把米，倒几碗清水，看着干瘪的米粒慢慢吸收了水分，膨胀，变白。水从一片透明慢慢变成纯白色的黏稠的样子。看着米粒充满在水中，好像自己的心里也跟着踏实了。将粥盛在陶瓷碗里，颗粒饱满，珠圆玉润，轻轻闻一下，是和着热气的米香。吃的时候，就算不配菜不放酱油，单单吃一口粥，喉底也有一丝清甜。做人也是如此吧，不必太过张扬、花哨，越是清静，越是透出一种坚持。

看人做菜，也可看出一个人的性情。性急者，菜没熟就已经端起来了。太慢，也不好，常常煮过了头，色味都不佳了。太多事，如做菜，都讲究一个火候。火候不到，没有那种沉淀；火候过头，就是弄巧成拙了。所以啊，做菜和种花养鱼一样，也是修炼心境。

有人说做菜的男人最帅了。其实，一个人认真的时候，都甚是好看，不论男女。专心地清洗、切剁、烹调、装盘，将对美食的热爱融进每一道菜肴中，这样才不辜负爱与美食，而这样的时刻，我觉得每个人都一定是自带光芒的。

你读了那么多年书，不是为了找份好工作

老李的儿子今年高考，考得不错，可是在填报志愿这个问题上却不知道怎么办。他们两口子都是做小本生意的人，不懂这些，孩子又没有什么特别的喜好。这不，过两天报考志愿就要截止了，赶紧请了一群亲戚朋友过来帮忙出个主意。

学校是定好了，可是在报什么专业上，大家却产生了分歧。大姑说，男孩子要读理工科，学点技术，好找工作。伯父说，还是学经济金融好，以后可以去银行，工资高。女儿在读大学的邻居老黄说，现在互联网这么发达，要学计算机，学互联网才好。在国企工作的朋友却说社会变得太快，搞不好过几年学互联网的人太多了，反而不好找工作了。公说公有理，婆说婆有理。

最后大家敲定了计算机科学与技术这个专业，理由是这毕竟是时代趋势，也是门技术，听说现在程序员工资也是很高的，将来孩子找工作应该也不难。

这样的场景并不陌生，可能每一个普通人在面临报考大学志愿时都曾这样挣扎过，最后可能都为了找份好工作而选择了某一个专业。不是所有人都能在年轻时找到自己的兴趣所在，找到能够为之奋斗终生的目标。因此，既然需要选择道路，那就选择能为日后带来更好保障的那一条。

在现今的教育制度下，大多数人只是认真读了课本，考了个好成绩，选个好学校，为了找份好工作，这样的人生轨迹被认为是安稳体面的。如果你读了那么多年书，还读了名校，可是你最后却没有找到一份高薪、稳定的工作，你就是个失败者，你的书白读了。难道，我们读了那么多年书，就是为了找份好工作？我们接受教育，仅是为了找份好工作？

记得读大学时，很多人都会出外做兼职，上课倒成了不重要的事。到大三、大四时，就会有很多同学干脆不上课，在外面工作了。当年曾有一位老师面对整堂课缺席一半人的情况，在询问之后才知道都是去实习了，他感叹道："你们毕业后的大半辈子的多数时间都是在工作，放弃现在学习、受教育的机会，不觉得可惜吗？工作都会有的，你们着什么急呢？"

大学产业化的发展，让很多人有机会享受高等教育，但是也造成教育质量下降，大学生廉价，就业压力加剧。以前读大学是向往知识，是少数优秀的人才才能得到的机会，而如今读大学更像是为了拿一张好点的票去登上社会这趟列车。网上不是一直流传这样一句话吗："其实文凭不过是一张火车票，清华是软卧，本科是硬卧，专科是硬座，民办是站票，成教是在厕所挤着。火车到站，都下车找工作，才发现老板并不太关心你是怎么来的，只关心你会干什么。"

有多少人不是把受教育当成拿一张文凭，在社会上换个风景更好的位置？社会资源稀缺，人们为了过上更高质量的生活，所以要找份好工作，而读书就是为了有更多机会抢到好工作。

对好工作的定义，也是非常单一的。公务员、国企编制内人员、银行员工、大公司职员等一系列排下来，就是人们理解的好工作。创业只是少数有钱、有能力的人才去尝试的，大多数人更倾向于好工作等同于稳定的收入来源。大学有位老师曾对我们说："一个国家受过高等教育的人群，前赴后继地去考公务员。他们追求的是稳定安逸的生活，而不是用自己的学识去创造更多的生产力，为这个社会做出更多贡献，这对一个国家来说非常危险，也是这个时代的悲哀，是你们这一代人的悲哀。"

老师当年这一番话，似乎并没有对身为学生的我们产生什么触动。整个社会的功利主义和快速变化的趋势，让人们更关心自己能否占到一个更好的坑，掌握更多资源。直到工作多年后，当我站在CBD时，看着附近奔跑着的上班族，回想起这番话，才感到一种深深的悲凉。

今天的CBD，在几年前只是一片荒野。我当年来这里时，只见到深黄的泥土和黄色的挖掘机。而当我再一次来到这里时，它已经是一个新兴的地标，我完全想象不出它原来的模样。它象征着这个城市的快速发展，却没有当初任何一点痕迹。没有人记得这里曾经是什么地方，有过什么故事。它没有历史的沉淀，只是一个新兴的建筑群。北京像中国大多数城市一样，被模糊了一个城市该有的文化印记。如今我们的城市变得同质化，都是千篇一律的高楼大厦，低矮的城中村楼房夹杂在一片高架桥和高耸建筑之间。不仅仅是城市，乡村也开始变得一样，甚至不伦不类。城市的产业转移，承接了农村，带去了难看的厂房，也带去了环境的变质和农村经济结构的变化。我们在急速地追求更高的经济利益时，却忽略了一些更为重要的东西。

也许正是这种功利主义，让教育也变成一件功利的事。人们以为东西必须要有用的，才是值得的。我曾和人探讨过我们读的书。对方的意思是你大学读的那些书，学的东西，现实中哪里会用到，那么你平时读小说、读诗歌有什么用，还不如读一些有用的书，例如工具书，职场教育书。但我告诉他，读书这件事并不是为了有用，而是这些无用的书才让人生有了意义。然而最终我们并未能说服彼此，而我也知道他的观点能让更多人接受。

或许就是“有用主义”的存在，让大学变得像是培养技能的场所。每个人在大学里期待的是学到一门有用的技术，而且千万不要是冷门的技术，而是热门的，这样才能够保证在社会上有用武之地，能找份好工作，得到更高的收入。假如大学只是为了让你掌握技能，找份好工作，那我们要大学做什么？你何不去上技校，还能更早出来工作，有更多的社会经验呢。

高晓松曾经说过，他回清华演讲时，讲了类似生活不只有眼前的苟且还有诗与远方这样的主题，但是在互动环节，学生问的却只是“我应该去外企还是国企”这种问题。回想起大学时代，虽然我的学校并非清华这样的名校，但是每次听演讲时，往往是那些企业家的演讲更受欢迎，甚至有人会因为一个提问拿到了名企的实习机会而成为学校里的传奇。

上大学绝对不应该是为了找份好工作，也不仅仅是为了让你学技能，而应该是帮助你建立并完善你的世界观、价值观和人生观，让你学会做人。抱着速成技能想法的人，也许并不应该去大学。可是很遗憾的是，我们的教育，从小学开始，就让许多人只是为了考试而学习，并没有机会真正去认识到自己的长处和兴趣。教育成为一条流水线，把人做成一个个标准化的产品，没有自己的思想和追求，只能在社会中做一颗螺丝钉。

被改造成产品，是社会对这一代人造成的悲哀，但如果自己没有发觉，没有自知之明，那就是自己造成的悲哀。我一直认为去读大学的人，不应该对自己设限，而应该去尝试更多未知领域，这样才有可能弥补你在过去十来年的教育中缺失的对自我认识与挖掘的能力。而这些未知领域，并非单单是工作技能，更应该是文学、历史、艺术等这些看似无用的东西。唯有去了解人类的历史，看到人性的更多面，体会艺术与思想的精髓，你才能在当下混杂的世界里，保留一颗赤子之心和一双懂得明辨的眼睛，不至于被社会节奏打乱，也不至于被物化成一个没有灵魂的产品。

向那些所谓的主流价值观说再见

前几日，闺蜜让我看了篇文章，大意是说女孩子本来就是要依赖别人的，你们独立会很辛苦，变成没人要的大女人，所以你们最好不要独立，还是找个男人嫁了比较好。闺蜜问我有没有被戳到痛点，她说看这篇文章时已经哭了，觉得自己做白领女性好辛苦，现在体会到为何母亲一直叫自己工作不要太拼命，才明白为什么找个男人有个依靠才重要。可是，很遗憾，我并没有被戳到痛点，相反，我对这样的观点是持反对意见的。

你的悲剧源于你弱势的价值观

我有一个远房表姐，年轻时真的是貌美如花，小时候跟着她出去，我都觉得自己脸上有光。追求她的小伙子，都可以排成长龙了。后来，表姐选中的表姐夫也是一表人才，家道殷实，对表姐也是呵护有加。一结婚，表姐就辞去了原来的幼师工作，安心在家相夫教子，帮忙管理家里的工厂。开始几年，也是过得风风光光。谁料，其实表姐夫并不善于经营，在他父亲去世后就对工厂疏于管理，外加没跟上经济浪潮，工厂后来就倒闭了。而原来表姐夫是从小被家里宠着长大的，习惯了衣来伸手饭来张口的日子。在主要的经济来源断了后，他也没有再寻找出路，就靠着家里几间铺面的租金来过日子。

人一旦无所事事，就容易染上恶习。表姐夫开始在外面赌钱，三天两头不回家。赌、嫖、毒这三件事一旦染上，这辈子基本就很难翻身了。表姐和他母亲怎么劝怎么逼都没有用，表姐夫依然我行我素。没过多久，我们就听闻表姐夫在外面有小三，大家知道后都瞒着不敢让表姐知道。可是纸终究包不住火，而且表姐夫也根本不介意让表姐知道。开始表姐哭过、闹过，喊着要离婚，最后请了家族里的长辈出来主持公道，表姐夫承诺会照顾他们母子的，不会在外面乱搞了。事实证明，这种承诺就跟屁一样，说过就没了。没过多久，表姐夫又在外面花天酒地，只是懂得收敛一点了。家族长辈、邻居看在眼里，开始也帮忙劝导，不过表姐夫自始至终没有真正改变过，后来就被当成一件普通的谈资了。

他们的婚姻生活最后到了一种扭曲的平衡状态，表姐夫在外头继续包二奶，吃喝玩乐赌，表姐在家带孩子，表姐夫每月按时给家用，看心情偶尔回一下名义上的家。你有时无法理解为何还能有那么多女人为这种烂男人死心塌地，是因为一张好看的脸和调情的手段好吗？

表姐自始至终没有真正提过离婚，最初说要离婚只是为了让表姐夫回心转意的一个手段而已。家族里的长辈对表姐的善意劝诫几乎都是：这是你命不好，没有办法，但是你好好照顾小孩，教育小孩好好读书。你只要不离，你丈夫就得承认你的正室地位，他的钱也要拿回家来，将来老了人都是要回来的。她自己心里也是认可这观点的，从来没有想过要放弃这个家。我也从来不敢跟表姐建议离婚，因为一个已经十几年没有去外面工作过的家庭主妇，你突然让她自己去和社会上的人打交道，要经济独立，真的是一件非常残忍的事。而且，假若我提出这样的建议，可能我会遭到很多人的谴责，因为在中国人的婚姻观里，是劝和不劝离的。

表姐已经不再年轻貌美，只有生活的不堪带来的麻木与戾气。她会提起“孩子他爸”，仿佛他只是在外地工作一样，虽然夫妻俩只要一见面就必然少不了争吵声和女人的泪水。她依然会跟我们抱怨丈夫有多过分，听别人帮她骂几句。她再也没有表现过对幸福的任何向往，对于如今的婚姻和家庭有一种既来之则安之的态度，似乎岁月就是应当如此度过的。表姐的两个孩子也比同龄孩子早熟，读书认真，但也较为沉默。家庭的长期不和，外人的眼光，父亲的缺席与冷漠，母亲的无奈和懦弱，不知对这两个孩子的未来会造成什么样的影响。

命运也许是只翻云覆雨的手，开始的胜负绝对不是最终的结果。明明一开始握有一手好牌的表姐，何以走向这样惨淡、被动的人生境地呢？而旁观者所有安慰的话，归结起来不过一句话：“这是你的命，认命吧。”可以预见，在未来的几十年里，依然会是这样的局面，就算表姐夫洗心革面，不知这些年耗掉的夫妻情谊能回归多少？而像表姐这样的悲剧，在农村里并不少见。而社会的主流价值观是，人就一定要有一个家庭，即便它是残破的。女人如果失去婚姻，就是边缘人群，是另类的，对孩子是不好的，所以不可以离婚。男人出轨，女人你需要做的是认命和忍，只要他承认你正室的地位，你的尊严也就保住了。

正是这一类主流价值观的存在，逼迫像表姐这样的人遭遇丈夫出轨、夫妻不和后依然要苦苦维持婚姻的假象与仅存的社会公认的尊严，纵然尊严已经被生活的不堪击溃。让表姐开始新的人生固然太过残忍，但这样的悲剧不正是价值观造成的吗？生活方式无对错，但对生活做出什么样的选择和决定，不正是价值观造成的吗？女人为了不让自己辛苦，所以要依赖男人，不能太独立，像这种类型的价值观，只会将女人惯坏并成为生活的弱者。当那个人不再给你依赖的时候，你可能已经失去重新站起来的能力了。

这样的悲剧并不少见，然而依然还有许许多多的人坚持这样的观点，并以此指导自己与他人的生活。但是，你不经济独立，当遇到分歧时，你要向那个给你收入来源的人低头妥协，除非你的父母富有到可以支撑你下半生的生活。如果依靠男人是可行的，那哪来那么多痴女怨妇？如果是好男人就没有问题？人性是有很多面的，现代社会里有很多诱惑，难保哪一天他就变了。把幸福与安全感寄予他人，只能带来更大的不安全感。

那些价值观，打着主流的旗号，圈定你的人生模式

你看看简·奥斯汀的小说就会发现，就算过去了几百年，就算不同的国度，青年男女之间的追求方式与衡量标准依然没有变更。女性要扮演被追逐者，男性是追逐者。纵使女性心里爱了十分，也需要表现出一副较为矜持的样子，使点小技巧让男性体会到，并来主动追求自己，自己稍微矜持一下再答应。而且衡量一个人值不值得嫁，优先考虑的是经济条件，收入、财产、地位这些东西，如果能遇到性情、人品相当的，那就再好不过了。到今天，不也如此？曾与朋友探讨过此类问题，她说这是因为人性本来就是这样。一方面来讲，男女平等应该是尊重彼此的天性，而非男女无差异。另一方面，女性在感情里要一直压制自己，社会的主流看法是不建议主动，因为会掉价。女性只能在感情里充当被动者，这也是一种不平等。不过这样的模式还是相当受用的。

社会的主流价值观里，对于幸福、人生、婚姻、爱情、男女关系等皆有一套标准。它们可能相对单一，却拥有众多拥趸。这些价值观更多的是在尽力维持社会的稳定、家庭单元的和谐、个人的责任与义务，却较少关注到个体的心理平衡与喜悦。例如，有房有车有事业有家庭，才谈得上人生赢家。多少年轻人的梦想不再是诗与远方，而是早日在大城市拥有自己的一套房，从而套牢未来几十年的年华。太过独立好强的女人不能娶，女人要以家庭为重，不然将可能孤独终老。

在这些主流价值观里，被牵制住的不仅有女人，还有男人。男性不得不去挣更多的钱买更大的房，你必须承受比你的父辈更为沉重的经济压力。人与人之间的评价，更注重以他拥有的物质条件和社会资源来衡量。如果你不想成为时代的“遗弃者”，就必须要像上了发条的时钟一样，拼命地跟着大部队往前冲。而且，这些主流价值观里，更倾向于要求所有人都一样，假如有想法不同的人，那很可能会被归为异类。

自古以来，那些持有与所谓主流价值观不同观点的人，大多数都被边缘化了，换言之，也是他们主动选择了不站在大多数人这一边。中国古代有嵇康这样的文人，放弃“学而优则仕”的主流道路，选择跟随内心的生活。20 世纪六七十年代西方参加嬉皮士运动的人，反对当时的政治与战争，对抗西方世界中层阶级价值观，但他们都是异类。

我的那位闺蜜能被“女性不要独立”这样的观点戳中泪点，绝不仅仅是一篇文章的功劳，而是因为她从小就在这样的价值观里长大。为何要向这些所谓的主流价值观说再见？并不是全盘否定所有主流价值观，而是一些所谓的价值观，打着主流的旗号，但是建立在整个社会追求快速利益的基础之上，否定了个性的多样化发展，限制了女性的独立平等，企图将人们置于一个模式化的稳定结构中。

近几年，有的年轻人不再以买房作为自己的人生梦想，更愿意将赚到的钱拿来游历、进修。在一些领域里，女性可以占有一席之地，一些人可以在事业与家庭之间实现平衡。当面临婚姻破裂的不幸时，在城市中工作的女性更有底气不用忍气吞声。也许她们的人生，会让更多人体会到，和那些所谓的主流价值观说再见，不是去强调个人对社会主流的对抗，而是个人对自己的解放与价值的实现，不必被束缚在一个模式化的生活里，依然可以达到身心的愉悦。

所谓主流价值观的最大弊病是以自己为真理

若干年前，我认识一个人，他的家庭有家族企业背景，但他却想在异乡一所大学教书，被家族认为是不孝子，是离经叛道。最后在他祖父以死相逼的情况下，他无奈地回到了家中。如今他们的家族企业非常成功，他也娶了个温柔相宜的太太，儿女双全，是许多人心中的人生赢家。但他却说，他会改变企业的管理方式，不希望他的孩子子承父业，让其能够自由选择，不必经历自己曾经历的两难抉择。不过，他这样的想法被许多朋友认为是可笑的，也遭遇了家族其他成员的不解，只是现在他更有能力去实施自己的想法。

在所谓的主流价值观里，还包含一个很重要的点，即以自己为真理，任何不一样的想法会被评判为怪异、不可理喻。即使人生再失败的人，在评论他人时，必定会以自己的生活经验和个人观点为真理。人类有种趋同心理，和我相像的就是有共鸣的、正确的，如果不一样，那对方是不对的，是不值得我同意的。这位家族企业的掌舵人，正因为他选择和家族中大多数人不一样的做法，才招致这么大的反对意见。他的做法不符合大多数人对财富、显赫家世的向往心理。

向那些所谓的主流价值观说再见，需要你有更大的好奇心和包容度，去了解、接纳更多不一样的价值观，你不一定都认同，但你一定要去了解与接纳。很遗憾的是，很多人过了青春期就基本丧失了这样的能力。从小生活的环境、教育让人们选择“趋同避异”，过早地停止思考，过早地接受同一套价值体系，并不愿意更新，而且还将其强加于他人身上。

你若留意，社会主流价值观的内容也是在变动的。一百多年前，三从四德是女性的思想指导，对女性的审美观里以小脚为美。正是当年有许多人，了解了西方的文化，审视了我们的东方文明，有了呼吁与改变，所以现在这样的观点才被认为是迂腐的、悲哀的。谁知道今天被奉为人生成功与幸福的这些标准，将来会不会被看作一种荒诞的价值观？但在从荒谬通向真理的道路上，需要的是人类自我的审视与质疑，所以需要更多人向那些所谓的主流价值观说再见。

向那些所谓的主流价值观说再见，需要你了解并接纳更多不同的观点，认识并挖掘自身的价值，拥有更为坚实的安全感，有更大自由度去追求内心想要的生活。这样，你就不再被所谓的主流价值观束缚，不需要以财富来衡量自身成就，不再需要将自己的人生幸福捆绑于他人的评价之中，不再做随波逐流的人类。

也许有一天，你有个一直不婚的邻居，你不会和你孩子说那个叔叔是个怪人，不要接近他。你的妹妹离婚了，你和你的父母不会认为这是让娘家人丢脸的事，而是鼓励她开启更好的新生活。你的孩子不想进国企工作，想去做个志愿者，不会被认为是不务正业、不负责任的表现。你能接受你的妻子在工作上比你出色，薪水更高，而不会认为这是损害你的男性尊严的事。你会尊重并欣赏能按自己意愿活出精彩的人，而不是单单以有房有车来衡量他的人生幸福与否。这时候的你，已与那些所谓的主流价值观说了再见，并且有理由相信你也是能遵从内心活出自我的那种人。

大城市给予的尊严有限

有一年的六七月份，高温酷暑的季节。我陪朋友在外面找房子，渴得不行，便进了一家便利店买水。这时有位老人走过来，站在门口。她绾着个发髻，头发灰白。她颤颤巍巍地指着门口的几箱矿泉水，用有些蹩脚的普通话问道：“这个多少钱？”

便利店的女孩子瞄了一眼：“两块五。”

“这么贵。”老人又指了另一种包装的水，“这种呢？”

“一块五。”女孩不耐烦地回答。

老人看着那一箱水，停顿了几秒，低声嘟哝了几句，转身走了。那几句话都是方言，我只听清其中有句“喝个水都这么贵”。

女孩扭头和她同事说：“买不起还问那么多。”又换了个笑脸对我们说，“找您的钱，请收好小票。”

出来后老人走在我们前面，她身子的一边驮着个蛇皮袋，人是歪着的。每走一步，就听到袋子里塑料瓶“咣当咣当”的碰撞声。她缓缓地走到前边的草坪旁。我们停下，等绿灯过马路。

过了一会儿，我扭头看见，她从草坪的垃圾桶里掏出两个矿泉水瓶，打开了瓶盖，慢慢地把头仰起，刺眼的阳光将她的额头照得光亮，太阳穴旁的青筋突出。她缓缓地将瓶子里所剩不多的水全倒进干渴的喉咙里，还很小心地不让瓶嘴碰到自己的唇。

这时绿灯亮了，朋友拉着我过了马路。

那个燥热的午后，虽然情节已有些模糊，但是拾荒老人喝水那一幕却尤为清晰。当时的想法也残留在心间。有时会问自己为什么不掉转回去买一瓶水给她。但是，看到老人年纪那么大还自己捡垃圾度日，喝水时会不愿碰到瓶嘴，她应该有她的骄傲。如果我冒失地去送了水，是一种同情，是将自己置于比她高的位置，也许她会接受，但会伤害她的自尊。贫苦的生活已经磨灭了人的尊严，我有什么资格去加上一笔？

曾有一次与朋友两人在大排档吃饭，那里经常有乞丐讨钱。那天来的是一个我们见过多次的老人。因为只有我带着钱，我一打开钱包，里面最小的零钱是 5 块。我犹豫了一下，平时大家都是给 5 毛、1 元的，5 块钱会不会太多了？

我抬头看了看那个老乞丐，他的颧骨突出，脸上肌肉都凹下去，眼睛浑浊但是闪着兴奋的光，在等着我拿钱给他。我叹了口气，把那张 5 元放到他手上的碗里。

“啊啊！这么多！谢谢，谢谢，美女你真是菩萨心肠！”他马上把 5 元钱攥在手上，像亮牌一样，“您一定好人有好报，观世音菩萨、各路神仙保佑您发大财、身体健康……”他边说边对着我们连连鞠躬。他不停地重复那几句话，不停地鞠躬，声音也因兴奋有点高了。旁边的客人开始好奇地看着我们。

我和朋友有点不知所措，只好尴尬地点头，一直重复“不用谢，你可以走了”这句话。

“走啦！快走啦！”老板娘急匆匆走过来，挥着手，推着将他从店里赶走，“老头，拿到钱就快走，不要来打扰客人！听到没！不要再让我看到你！吵死了！”

老乞丐马上很自觉地往外退，但还是边退边鞠着躬走。“走了，谢谢，谢谢，谢谢，您一定好人有好报……”

在他开始鞠躬的一分多钟里，我都不敢再抬头看他，一直盯着桌面，或假装望向其他地方。因为他脸上那种欣喜若狂的神色，那种卑下的姿态，让我觉得很难过、很可怜。

他让我想起看过的古装电视剧里，一些官员或太监在对皇帝磕头时，整个人像一条狗趴着，头紧紧地贴着地面，屁股几乎朝向天的样子。那种得到一点施舍就卑躬屈膝的姿态，就像奴才。而他感激的人竟然是我，我产生了一种罪恶感。我不敢，也不忍看到那种没有尊严的姿态。

古语有云：“仓廪实而知礼节，衣食足而知荣辱。”说一个人先要吃饱喝足了，保障其基本生存需求后，他才会去考虑礼义廉耻。也许对于乞丐、拾荒老人来说，连生存都困难，要求他们坚守尊严似乎太过残忍，也不现实。可是，实际上，所有想在大城市里有一席之地的人，都不见得能够维持多体面多完整的尊严。

当你在交通高峰期去坐车时，你会发现衣着光鲜、打扮入时的人们，为了抢到一个座位，在人群中互相推搡，推开走得慢的老人，加塞进每个有间隙的人缝中，甚至引发口角，在大庭广众下问候对方母亲。虽然最终他们可能就只坐几十分钟而已。在拥挤的人群里，不管你是经理，还是小职员，是某个小孩的父亲，还是学生仔，大家都是一样的，区别只是谁先上，谁抢到位置。

当我迫不得已被人群推进车厢，挤在脚掌大的角落里时，我感觉自己好像一只猪。公车或地铁就像载着一群没有感情没有知觉的猪，只要能把这些猪安稳地塞在里面就好，并将它们运送到各个地点，去做一头头辛苦挣钱的牛。

人们为了一个座位，为了一个折扣争得面红耳赤，为了争一个输赢大打出手。城市的资源有限，能够给予的尊严也有限。人们在挤车时，俨然就是厚黑学的生动案例：要想站得更高，你就要踩在别人身上。胡适曾经说过：“看一个国家的文明，只需考察三件事：第一看他们怎么待小孩；第二看他们怎样待女人；第三看他们怎么利用闲暇时间。”我不止一次见过男人挤推小孩和妇女，对站着的孕妇、老人视而不见。

那些在高峰期挤车的人，有很多是上班族。相对来说，他们也是受过高等教育的人。然而，高学历真的不能代表高素质。你没有体现你所受的教育该有的见识、行为，就是对自己的极大不尊重。陈丹青先生曾在访谈中说过，中国人的信仰是活下去最要紧。也许就是这样的心态，城市给予普通人的尊严有限，而人也没那么顾惜。

但现实的残酷在于，就算很多人为了融入这个城市，哪怕仅是为了立锥之地，付出了尊严等代价，却可能依然做不了城市的新居民。许多人奋斗一辈子，加上父辈祖辈的钱，也不够在城市买一套房子，小孩不能公平享受城市的教育，自己也无法得到城市居民能拥有的众多福利。终其一生，只是这个城市的打工者。故乡已回不去，而这里并没有给予足够的安全感和认同度。

我在城中村里走时，一条街走过去，都是外地口音。有些人甚至是用乡音与店铺小贩交流的。你问他们，怎么会想来这里开店、打工，他们说无非就是想多挣点钱，不想在老家待着。但他们身上和心里始终都是异乡人。他们的家不在这里，很多人都是抱着混几年再回去的想法。

曾见过一位妇女往地上吐了一口痰后，又用拖鞋往地上蹭了蹭，试图将痰抹去。她那个蹭地板的动作让我很是困惑，吐都吐了，她为什么又想去擦掉？看她的衣着打扮应该是住在城中村的人，可能租了个店面做点小本买卖。也许她接受过不可以随地吐痰这样的观念，可是不能每次都记得。吐的时候只是本能，吐完后常识又让自己愧疚。当然，也可能是我想多了，也许她只是发现鞋底粘上了口香糖。

外来人想尽力融入这座城市，适应它高楼大厦对应下的文明。然而，这种事多数是徒劳。中国地大物博，也注定了地域带给人的隔阂与偏见。家乡的印记流淌在每个来城市打拼的人的血液里。在城市里得不到的归属感，不被保护的尊严，难以消除的隔阂，甚至有时粗暴的对待，让他们最终选择归途，或者在夹缝中生存，把期望留给下一代。

这样的鸿沟，也许是因为在巨大的城市压力面前，首先制度没能非常公平地保障个体的权利，个体的尊严也得不到保障。城管可以踢打地摊小贩，客人可以大声呵斥服务员，老板可以任意辱骂职员，为了求一席之地，人不得不低头。人们只能在拥挤中企图得到一点自己的“特权”，它比起许多其他权利，似乎更有点公平原则，因为全凭个人体力和技巧。

在凌驾于他人之上的姿势中，人们满足了一点自我的虚荣心和成就感，维护了自己所谓的尊严。抢赢了座位，得到了一点“特权”；痛骂服务不好的侍应生，表现自己是上帝的优越心理；把怒气发到你的下属身上，强化自己是生物链中的更高一级；打骂街头的小贩，用拳头展示了自己的特权。

我们热爱大城市，它的日新月异，它的繁荣活力，它较大的包容度。我们也受制于大城市，它的财富让人背井离乡，它的资源引人发馋，它不够公平的制度却让人期望自己能成为少部分受益的人。一座城市的气质，在于生活在这座城市的人，上至达官贵人，下至贩夫走卒。也许是制度、时代的限制，让城市能够给予的尊严有限。人们顾惜不了自己那份已被磨灭的自尊心，更难以学会尊重别人。也许，不仅是城市给予的尊严有限，人们对尊严的敬意也有限。

每个人心里都有个爱看热闹的小丑

每年一到暑假，就有各大经典老牌电视剧轮番出来了，比如《西游记》《还珠格格》《新白娘子传奇》。每一年，它们都出来露那么两三次脸，但每次我们都看得不亦乐乎。相比今天什么手撕鬼子之类的雷剧，除了雷人毁三观，也不知是想表达什么。

今天看电影，似乎看热闹、不和，才有话题，才会有更多人去看。越是剧情雷人，越有人愿意埋单。

综艺节目中，动不动就要来个谁谁和谁谁不和，预告片剪得另有剧中剧，宣传稿也语露三分留口风，观众们焦急等待，终于看到了正片。要么是被忽悠了一把，根本没那事；要么发现个新大陆，原来真的不和。于是，水军开始造势，网友们纷纷站队，互黑，还有过往黑历史也来盘点下，又掀起一番大战。看戏的看得爽，节目收视率、话题都上去了，大家都开心了。

不知从何时起，丑闻成为常见新闻，也变成大家津津乐道的事。狗仔队也乐于拍各种明星的丑闻，一下子就可以刷爆你的屏幕。揭开那些美好的外表，暴露他们丑陋的内心，这样才更有市场。

鲁迅先生说，悲剧是将人生有价值的东西毁灭给人看。

有价值的东西，可能是爱，是信仰，是追求，是我们之所以为人而不仅仅是某种生物的东西。可是在这个娱乐至死的时代，人们却喜欢将一切本来有价值的东西甚至正面的东西毁灭给你看。那是闹剧。而如果一直如此，那就是所有人的悲剧了。

面对诸如此类的闹剧，我也是一名看客。开始是新鲜好奇，但当这样的事情越来越多，你开始去分辨真假是非时，却发现剪不断理还乱，公说公有理，婆说婆有理，而正因为它的扑朔迷离，才让故事一直延续，才有机会一直炒冷饭。而身为看客的你我他，其实都是事件的推手之一。是我们一直的好奇和关注，是我们加上了许多臆想和议论，导致了真相不再是真相，正能量也不再是正能量。

不知世界为何如此，是因为创意已被用得太多，所以只能开始秀下限吗？是因为剧情的梗已经出现太多次，为了出其不意，只能往雷人方面发展？常常在想，今天的小孩子，从小看着各种宫斗、相杀，却无人引导他们学会理解、宽容与爱，会长成什么样？而像我们这样普通的看客，关注这些丑闻，是为自己平淡的生活加点调料吗？

我们常常说这个娱乐至死的时代多讨厌，但有没有想过也是我们亲手创造了这个时代。看丑闻，满足了我们的窥视癖和幸灾乐祸心理。我相信，每个人心里都或多或少有阴暗的角落，都住着一个小丑，唯恐天下太平。

但也一定有很多人喜欢木心的《从前慢》：

记得早先少年时
大家诚诚恳恳
说一句，是一句
清早上火车站
长街黑暗无行人
卖豆浆的小店冒着热气
从前的日色变得慢
车、马、邮件都慢
一生只够爱一个人
从前的锁也好看
钥匙精美有样子
你锁了，人家就懂了

我们大多数人还是喜欢那种淳朴善良的世界。大家说，那样的日子再也不复返了，现在的人都不像以前那么简单了。但是，现在的人，不也包括说这话的我们自己吗？我们怪罪于时代，却不曾发现也是我们成全了这个时代。

光，不会因为有阴影而不存在。在岁月面前，美好的终将超越荒谬的。可能是闹剧的推手，也可以是温暖的传递者，不过是一念之间。每个人心里都有一个小丑，有空多给他晒点太阳，让他少一点阴暗面。

相信弱者的眼泪，我们可能也有罪

最近一直在讨论“你弱你有理”这个话题，不禁回想起一些陈年旧事。

One

小学低年级时男女同桌，经常要画“三八”线，还会有男孩子要自己霸占一大半。当时，我的同桌也是个调皮捣蛋的男生，动不动就划清界限。有一次在班主任的课上，他突然一捅我的胳膊肘：“这是我的，你快过去。”我一下子就被推到桌角。我瞬间觉得一股火气上来，好好上着课，怎么又疯了？于是，我也不甘示弱，用胳膊肘再把他捅回去，他又捅回来。两个人的胳膊肘就在那里互不相让，强撑着。也不知拉锯了多久，突然班主任的眼光扫到我们，狠狠地瞪了我们一眼。我吓得防守全撤，同桌正在发力，一下子不稳，“砰”的一声，整个人差点摔倒，全班大笑。

下课后，我们就被老师批评了一顿。那天具体说了什么，我也忘了，只记得当时老师也说我不对，说我不应该和他抢位子。我当时心中一片委屈，又不敢说，因为我根本就没打算抢位子，我只不过是反击，拿回自己应得的那部分啊！为什么据理力争自己应有的东西，靠自己的力量去抗争，反而是我错了？

后来，同桌还是经常挤位子，我却再也不和他争了，每次都让着他，挤到我都没地方放课本了，我也不吭声。结果老师、同学一个个都觉得我很无辜可怜，还这么谦让，纷纷批评那个男孩子，都为我主持公道。再后来，同桌再也不玩这个无聊的游戏了。

Two

曾听一个同学说起年少的一件往事，至今印象深刻。读初中时，因为请教学习上的问题，她与一个男生走得比较近，可是慢慢地就有人说她告诉了别人她喜欢那个男生。一传十,十传百，谣言越传越离谱，最后竟然变成是她看上了对方的家产，还在晚上去过男方家，说她在倒追那个男生。这样的谣言，在那个民风并不开放的小镇，对于那些其实还不经事的孩子来说，俨然是一场灾难。后来老师把这两个人叫去办公室询问此事，结果没说几句话男孩子就哭了。而她却没有哭，只是一遍遍地愤怒地解释自己并没有这样的想法，也没有说过这样的话。可是没有用，大家都认为这一切是她自导自演的，因为人家男生都哭了，可她却还那么嘴硬，不肯承认，那一定是她做的。后来，迫于压力，她当着全班同学的面向男生道歉。

印象特别深刻的是她的一句话：“哭的那个人就是无辜的吗？我也是受害者，我只是没有哭，大家就不相信我。而哭了的就是弱者，我就是应该道歉的那个人，就是做错的那个人吗？”

Three

一日，去表姐家做客。表姐有两个小孩，四岁的女儿和两岁的儿子。姐弟俩在地板上各自玩玩具，我们大人们坐着聊天。后来突然两个小孩扯起来，又哭又闹。原来是弟弟看到姐姐玩的公仔，也想要，就扔掉自己手上的机器人，去拿姐姐的公仔。可是姐姐不肯给，抱着公仔就要走，弟弟就开始边哭边在地上打滚。最后弟弟边哭边扯着公仔的一边，姐姐噘着小嘴，坐在地上死死抱着公仔，也是两眼通红。在两个小孩的大声哭闹中，表姐一脸怒气，对着女儿大喊：“把公仔给弟弟，你已经这么大了，要让着弟弟，知道吗？弟弟都哭成这样了，你是姐姐，你比他大，要让着他啊！”在弟弟震天的哭喊声和妈妈的怒骂声中，姐姐一脸委屈地把公仔给了弟弟，自己跑去另一边看电视。

吵闹平息后，我问了一下表姐：“姐，为什么大的就要让着小的呢？”

“啊，什么？不都这样吗？有什么为什么！小孩子要懂得谦让。我们小时候也是这么过来的，我也是经常把好吃的给你啊。”表姐笑着说。

“哈哈，也是啊。”

为什么哭的那个小孩总能得到糖果？这也是那么多人装

穷、装可怜、装孙子的原因吗？

突然想起很多明星在道歉会现场痛哭流涕的样子。眼泪是真的，但也是危机公关的利器。比如小孩子明明做错事了，但因为他哭得太凶，实在不忍心再说他不好，只好不了了之。

是我们都太相信自己的眼睛看到的，还是因为我们的文化里害怕强者？太过强势的人，太过明目张胆地表示自己要得到什么的人，总带给人一种侵略性。而那些看上去弱势的人，没有威胁，帮一帮他又能显示自己的宽厚与高人一等，显然更划算，不是吗？但是你有没有想过，那些说自己没有人脉的人，可能更渴望得到厉害的社会关系呢。

现在，很多父母不分青红皂白，只坚持大孩子要让小孩子的道理。每次看到哭的人、弱势的一方，我们便站在他们那边，认为他们有不得已的苦衷，是无辜的，是需要被支援的。我想，这样盲目地相信眼泪，我们也是有罪的。

你说的道理我都懂，那又怎样

《后会无期》里，苏米说过一句话：“听过很多道理，依然过不好这一生。”确实，你一定也听过很多道理，长辈的、朋友的，还有满大街的鸡汤鸡血文，好像懂了许多道理就是掌握了一项至高的武林秘籍，从此能雄赳赳气昂昂地走上正确光明的大道。

嘿，那些道理到底是什么道理啊？我查了一下，常说的“道理”应该是指事物的规律、事情或论点的根据。其实不用说得那么麻烦，道理无非有两种，一是被听的，二是主动听的。

被听的，也有“一定要听我的”和“不一定要听我的”之别。但不管怎么样，反正这道理就是被塞进耳朵或被踢进眼睛里。比如逢年过节时，最害怕遇到旧亲故友，没有聊几句，对方开始和你聊真正幸福成功的人应该是怎么样，例如考个公务员才是稳定又有好处的职业；早点结婚成家才是幸福的，单身可不好。每个人对幸福的定义不同，无可厚非，可怕的是，有些人偏偏爱将自己的一点经历引为人生真谛，殊不知于己是，于他人则未必。

就好像你现在看的这篇文章，也不排除我有强加道理的潜意识在作怪，如果你不喜欢可以停下，如果你想知道这个人他要讲什么鬼道理，我偏要听听看他有多自以为是，嘿嘿，那咱继续。

有一次，我大谈特谈有多不认同某个人对事情的处理方式，一旁的朋友听完后说，不要以你自身的经历去评价他人。我说，我没有，这只是看法。朋友说，任何观点都是有标杆在，你评论他错的前提是你认为自己是对的。我想了想，竟觉得这话好有道理，我无以反驳。原来我内心的小人正在张牙舞爪地宣告他的主见，却还扛着人生大道理的红旗。

凡是告诉他人道理者，必是心中先有一杆秤。人心中有秤，无对错，但若对他人，或许就叫强加。被听者，大多不屑于他人强加的道理，因为大家各自有秤，若相同，引为同道中人，若不同还要被说服，还是直接拜拜干脆。这些道理叫频道不对，怎么都不能共振。那你的那么多道理，就算我懂，那又怎样？我也不会接受的。

而主动听的，也有很多种。有一种最为常见，例如自己遇事不顺，失落难过，这时惶惶然不知所寄，只好寻求他人的一点倾听和建议。前阵子，某君失恋，恨不得日日饮醉，夜夜化身诗人写下流传千古的诗篇。确实，情感低谷是灵感的爆发期。后来，他跑来问我自己应该怎么办。我噼里啪啦讲了一大通，结果他回了我一句："你说的道理我都懂，但我就是做不到。"我顿时想抄起手上的杯子扔过去，那你还找我问什么问！稍稍冷静下来后，我只得说："做不到就不算懂，不能接受的道理谈什么懂？”

你看，就算是主动听的道理，也有不买账的时候。听过道理和接受道理是两码事，但我们常常混为一谈。主动去听者，可能只是在水中想抓住一根草，没想到你给了他根木头，他说我也知道木头能让我浮起来，但我现在还挺享受沉浸在水中的感觉。所以，这些不适合听的道理，多是时候未到。

有时自己也会去寻求道理，例如去阅读，从他人故事中看别人的做法，希望能找到符合自己的道理。但那些故事多半就是给你打个鸡血，撑几天漂亮场面。没有入心的话终究不算灵丹妙药。

朋友小园之前找工作颇不顺利，内心忐忑，就开始怀疑自己是否能力不足，做了错误的决定，最后上升到质疑人生，甚至想先把自己要什么这个问题想明白再找工作。那时候每个人和她谈话，告诉她，她只是找工作不顺利，也可能是这个季度不好，提醒她有出色的地方，劝她想开些，不要钻牛角尖，可是这些话通通都没用，她缩在自己建的小壳里，拒绝外界所有善意的理解与劝说。后来大家索性也不理她了，直到有一天，小园约我吃饭，告诉我她已经找到工作了。

我问她：“那你当时那些想不明白的问题，想明白啦？你知道你自己要什么了吗？”

她说：“嗯，没有全想明白，但是窝在家里也想不出来。自己要什么，我还不是很确定，但过得开心倒是能确定的。”

停顿了一下，她说，“其实你们说的道理我都懂，但当时我就是不想听。那些话都是对的，但时候未到，就不愿意接受，也不愿意承认。”

我俩相视一笑。

是啊，这么多道理还听得少吗？可是有几个是你自己的？你说的道理我都懂，那又怎样？成为你自己的，都是需要天时、地利、人和。就好像有一天，突然有一句话无意间轻飘进脑海，你突然就觉得脑子那么一热，好像有人拿个大锣在你耳边大力地一捶，“轰”的一声。原来如此，一直混沌的自己，一瞬间灵台清明。

不过，就算真的听得懂很多道理，也不能保证就能过好此生。道理多是有前人印证过的，而生活多是你自己的，经常都是新的难题。所以，你说的道理我都懂，那又怎样？还不如多认真生活，少谈点道理。该懂的自然会懂，不想懂的就过了吧，不用急。

年轻人，别老是拿别人的梦想说是你的

前一阵子参加朋友聚会，听闻一朋友的青年旅馆越做越好，已经开第二家了，从原来的入不敷出到现在小有收入。想当初他砸锅卖铁地去创业开青旅，所有人都觉得他撑不了多久，没想到他竟坚持下来了，而且成功了。于是，大家都说他真棒，实现了自己的梦想。

这时，有人说："好羡慕他是个有梦想的人，那我的梦想是什么啊？"

众人突然安静了几秒。

听到有个人长长地舒了口气，他说："其实我以前也梦想做背包客，再去丽江、大理那里开个客栈。面朝大海，春暖花开。"

有人马上接着说："我也是的。"

"我好想去西藏骑行，去世界流浪。"

"我想逃离大城市，找个乡下种田、养花、养狗。"

顿时，好像打开了潘多拉盒，每个人纷纷蹦出自己的梦想。可说来说去，大家的梦想无非是去旅行、去开客栈、去西藏骑行等，无非就是逃离现有的生活圈子，过一种没有工作、没有俗务的日子。

这时，有个人说："我的梦想很简单，就是天上掉了很多钱给我，我的要求很简单。”

大家一哄而笑，这个话题也就此结束。

可是梦想的话题从来都没有结束。从你小时候，老师就让你写作文：《我的梦想是……》，于是你就开始写：我的梦想是当一名老师，我的梦想是当一名作家，我的梦想是当一名科学家，我的梦想是当一名警察，我的梦想是当一名宇航员……小时候的梦想是一个个职业、身份标识。

长大后，梦想就变成一个更遥不可及的词。它可能不再是职业身份，而是不能实现的生活。“80后”“90后”的青年们，如果你一问，十有八九，大家心中都有过骑行西藏梦，或者辞职说走就走梦，或者开客栈梦，诸如此类的梦想。

而网络、媒体也经常向人们传输各种旅行的梦想，环游世界、间隔年、背包客等概念，从一开始的新鲜，到如今几乎人人皆知。关于旅行的梦想，变成一种时尚、流行的梦想。最常听到的故事可能是某个人放弃原有安稳的生活和工作，追寻自己的梦想，行走、旅行，再做一名自由职业者。

于是大多数人的梦想也变得如此相似：放弃原有的安稳生活，去寻找动荡而富有个性的生活方式。可是真正做到的人又有多少呢？多少人不是酒醉时说一下，回头又到自己的寻常轨迹上来？这种感觉，不就像小时候写的作文吗？写个老师认可的标题，凑个几百字，仿佛给自己贴了一个光明的标签，可以心安地站在大众的队伍里：我也是个有梦想的人，而且我的梦想也是很棒的哦！总之写完就是了，至于真的是自己想的吗，真的能做到吗，不用管了！梦想嘛，不就是梦里想的吗？

每次这样的人和我谈梦想，我一般开始都说如果你想好了就去做，那就支持你。有时我还是会感动一把的。可是看到他们后来的行为，我只想说放屁，你只是在做梦好吗！梦想，在你没为它做过什么之前，它都不能叫梦想，只能叫“梦和想”！特别是你的梦想，真的是你自己想要的吗？是的话，你为什么没有为它做过什么？不是的话，为什么老是拿别人的梦想就说是你的呢？

为什么这么多人都把别人的梦想放在自己的头上呢？说到底，梦想是一种情感诉求。大多数生活在大城市的人，一方面适应大城市的快节奏、竞争激烈的生活，一方面又渴望能逃离现有机制，于是辞职、旅行、逃离成为大多数人的梦想。

也许会有人要来打我，搞不好你这个人连梦想都没有，还敢说我们的梦想是拿别人的，哼！好吧，其实我也有做个背包客，来个间隔年环游世界的梦想。可是，我从来没为这个梦想做过多少事。是的，因为我没为它做过什么，我不敢告诉别人，我捂着它，就像小孩把硬币投在储钱罐然后藏起来，我不知道哪一天我才会砸开那个罐子。我也不否认这个“梦和想”，刚开始就是因为看过许多人潇洒浪漫的故事和观点。

之前大冰的《他们最幸福》火了之后，有一些人说他看完书后就辞职去旅行了，让人发笑又无语。在书里，大冰曾提及他写这些故事的用意，大意是写了这些人的故事，不是为了让其他人也跟着去做，而是告诉人们除了平常看到的生活方式，还有很多人过着不一样的生活，但也是幸福的。幸福不应当只有一种模式，生活也不应该只有一种是对的，正如价值观，没有存在谁对谁错。而梦想，应该是体现你的价值观，并且你能遵循它，为之努力，以此寻求你最想要的人生。

当然，还有很多人经常说自己没有梦想，他们只想安静地过个小日子，结婚生子，有个房子住，有个小车开。这么平实的愿望，是梦想吗？谁说不是呢？平和舒服地和家人一起生活，你觉得幸福、有意义，不就好了吗？谁说梦想一定要高大上，一定要孤独前行的？它不应当是永远不能实现的，而是经过你大脑和心灵的辨识，你能为之努力，并服从你的价值观和人生观的东西。

所以，别老是随便就拿别人的梦想当成你的。没有经过自己吸收、接纳的东西，不能称之为自己的想法。没有为之努力的梦想，也别说是自己的。唯有那些为之努力、为之付出的东西，才是真正属于你的。每一次，当我看到有人遵循自我的价值观实现梦想，例如在某个远离喧嚣的地方开了家客栈快乐地生活，放弃安稳的工作去追求年少时喜欢的艺术，或为了自己的小家充满爱意地奋斗，我都满怀敬意。梦想，属于这样的人。

活得通透的大女人做派

徐静蕾又一次被推上热门，这一次是她在访谈中自曝两年前冷冻卵子，并称就像“找到世界上唯一的后悔药”，为以后想要孩子时留一条后路。想起上一次，老徐刷爆我们的朋友圈，应该是她的电影《有一个地方只有我们知道》的宣传期，她接受访谈，上电视节目。可以说老徐的每一次出现，几乎都成为当时的热点。她云淡风轻地出现，却总能刮起一阵龙卷风。

老徐，曾经的博客女王，写得一手好字，还出了方正静蕾简体，内地第一位票房过亿的女导演，拥有过硬的人脉关系，王朔、冯小刚、姜文、王中军等是她生日宴上出席的朋友。老徐不仅仅是明星、演员或导演，而且是文艺女青年中的典范，是文艺大叔的女神，像柴静那样，也被称为当代的“林徽因”。

有人喜欢她的气质与才华，可也有人不喜欢她，觉得她装、端着。确实，现在“才女”“文艺女青年”此类词被用烂后，总觉得带着戏谑的意味，变成“装”“做作”的同义词。

以前我也对老徐没什么感觉。若干年前，在她还是博客女王时，年少的我，看了老半天，也不知道为什么她的博客会火。可能是因为有一篇她写今天去上课，推荐几首英文歌给大家。那时我根本不知道文艺女青年为何物，但我认真地把那两首英文歌抄在本子上，心想我也要多学点英语，不过后来我也没有去读过。

现在再来看徐静蕾，在访谈中她对答流利，爽快，透着机智与真诚。谈电影、谈朋友、谈感情，都有自己独到的见解，敞亮又直率，不遮不掩，活得通透明白。谈电影，首先得让自己高兴，自己喜欢。谈朋友，不用仰视崇拜，真诚不耍心眼。谈感情，“我无比相信爱情，所以无须用婚姻证明”。活得这么明白的人，她看得清楚又做得到，哪里装了？

当年的“四大花旦”——章子怡、周迅、赵薇和徐静蕾，如今人生发展也各异。章子怡在《一代宗师》后拿奖拿到手软。靠老天爷赏饭吃的周公子，也已嫁为人妻，生性浪漫，以爱情为事业。当年的小燕子，今天已是各商界大佬面前的红人，阿里影业的第二股东，还有好老公和可爱的女儿，被媒体称为“人生赢家”。而徐静蕾，突然就玩失踪好几年，到处去耍，偶尔回来就拍个电影，说几句话就能上了热门。这种作风，似乎与天后王菲比较接近：我就是做自己，无意撼动江山，却总是激起千层浪。

但大家会说赵薇是人生赢家，却不会说活得这么自由洒脱的老徐是人生赢家。因为她既没有结婚生小孩，又长年不知是否有男友，也没有听说坐拥多少资产，虽然人家也有钱自在地花。有人说：“文艺女青年这种病，生个孩子就好了。”说到底还是认为唯有结婚生子才能成就一个完整的女人，才是拯救女人的唯一出路。可是，老徐偏偏不干。有人问她，是不是觉得结婚特俗，她说我从来没有说过这样的话，只是每个人有每个人的选择。她说很多人是在婚姻和男人中找到安全感，但是她不需要这样的安全感，不需要一纸婚书来证明爱情，干脆也不解释了。

纵观老徐每一次出现的大动作，不管是当初拍电视剧，还是后来做导演拍电影，甚至从她的爱情观里，你不难发现，人淡如菊的她，其实有着强大的决断力。而且，几乎每一次出手都是全胜。越是低调的人，做事反而更有魄力。那些真正厉害的角儿，从来都不需要喊得最大声。轻声细语，润物无声，就把事情给办好了。

最近老徐在微博里晒自已在做手袋，做几个就送送朋友，偶然兴起，一做就到天明。那些小包，或颜色灿烂，或精致有趣。或许就像她在访谈里说的，现在喜欢上了灿烂的天气，不像以前喜欢阴雨天。也不再刻意追求电影里不能是大团圆，因为世界已经如此残酷，要多给一点温暖与爱。

也许人生是一个收与放的过程，到一定时候，就要学会如何收。有人评价说，老徐是娱乐圈少有的活得明白的女明星。当很多人还在争名利时，殊不知那些都是她玩过的，而现在人家都已经走得老远了。老徐不像范冰冰有那种妩媚，也不像许晴有种东方古典的美，她有一种淡然的气质，仿佛什么到了她那里，都能化作和风。可能因为如此，反而看不出年龄的痕迹。

可为什么总是有那么多人说老徐是才女，爱装呢？我想，说这些话的人可能还没到能和人家拼才华的程度，自然也悟不了这人生智慧。看到人家活得这么通透、明白，在某种程度上来说，也算是一个非常理想化却又不传统的路子。不一样的，经常都要被舆论打压。但关键是，老徐也没怎么搭理这些帽子，江湖传说一个比一个精彩，人家依然活得率真、自由。好友赵宝刚说老徐有一种“大女人”做派，这种做派，应该是她这种坦然、通透、大气的人生智慧吧。

世间再无男子芳华绝代，似你眉目如画

那一年，你从香港高楼一跃而下，从此繁华落尽，寂寞身后事。

最美人间四月天，可是从那年起，四月不再只是春日朝朝，而是许多人心中不能忘记的痛，是每个爱张国荣的人怀念更甚的季节。

哥哥，12 年了，你在天堂还好吗？自你一去，世间男子再无人能似你眉目如画，荣华绝代，倾国倾城。

如今每到 4 月 1 号，媒体都会用尽赞美之词纪念你。可是，你生前却承受了众多误解和不公正的待遇：媒体的抨击，舆论的压力，世界的不善意，都曾给你多大打击！

我们怀念你，怀念你演绎的每一个经典角色，怀念你独一无二的歌声，怀念你带来的亲切与温暖。怀念你就像怀念曾经的青春，怀念你是怀念一个已逝的时代。

哥哥，你这一生最怀念的是什么时候？是 1997 年连开 60 场的“跨越 97”演唱会上的深情告白？是凭《阿飞正传》最后姗姗来迟的香港金像奖影帝？是那年在加拿大隐居的某一天清晨醒来的笑容？

1989 年，你宣布退出乐坛，和你一生至爱的唐先生到加拿大隐居，暂时远离了浮躁复杂的香港娱乐圈。那年，岁月静好，现世温柔也不过如此吧。

1982年，你们在香港丽晶酒店相遇，3年后开始拍拖。或许就像歌里唱的“起初不经意的你，和少年不经事的我”，没有早一步也没有晚一步，刚好遇见。从此世间多了一双璧人。

1997年在“跨越97”演唱会上，你唱了《月亮代表我的心》，你说要将这首歌送给挚爱的朋友和亲人，意指你的妈妈和唐先生。歌迷们听到你亲口说出来时激动得都快疯了。你那么坦然从容地用“挚爱”二字，向世界宣告你们的爱情，带着一丝天真的执着，却又凝聚着多少甜蜜的爱恋。

媒体偷拍你和唐先生散步的照片，面对镜头，你坚定地牵起爱人的手，毅然决然往前走。这一次牵手被称为“本世纪最感人的一次牵手”，我们也多么希望你们能一直这么幸福地走下去，再也不松开手。

香港再怎么开放，骨子里也是传统的。男人之间的感情就算放在今天，也不一定能得到认可与尊重。可是，哥哥就义无反顾地牵起了爱人的手，不畏人言，不惧现世，那么温柔，又那么勇敢。

可是谁又曾想到，你最后会被抑郁症折磨到选择放弃，选择离开你的挚爱。在这么多人心中完美的哥哥，竟然承受着这么多的压力，原来你的笑容里深藏着紧锁的眉头。只是你藏得那么深，那么深，深到所有人都相信并以为你幸福，并将一直幸福下去。世界伤你至深，但你的笑容温暖如昔。

《阿飞正传》里说："这世界上有一种鸟是没有脚的，它只能一直飞呀飞呀，飞累了就在风里面睡觉。这种鸟一辈子只能下地一次，那一次就是它死亡的时候。"所以你也是因为太累了，不想飞了，选择了这样离开的方式吗？

你的离开，就好像带走了一个时代。风继续吹，但再无人似你芳华绝代，再无男子能让人如此揪心地宠爱。

你曾说你希望我们永远记得你，因为你都会记得每一晚大家给的欢呼和掌声。哥哥，我们永远都记得你。十几年来，依然有很多人用各种方式怀念你，你的歌、你的电影、你的笑容、你说过的话依然影响着无数人。

在贴吧上看到有网友写的一段话："后来这个男孩子逐渐成熟，他经历了许多，他的声音变得醇厚，面容不再稚嫩，可是我知道，我们都知道，他仍然是那个爱做梦的人。"是的，我们都知道，愿你在天堂依然爱做梦，而且没有伤痛，你不必再紧锁眉头。愿哥哥在天堂安好，唐先生也一切都好。

爱到惊心动魄后，才从女孩成为女人

“我也不是大无畏，我也不是不怕死……”熟悉的旋律响起，带着一如既往的倔强，杨千嬅身着金色裙，从红色舞台的中间冉冉升起。这一场 Let's Begin 世界巡回演唱会，因她之前身体不适延迟，从夏天等到初秋，但当听到这首《勇》的那一刻，就知道一切的等待都不是白费，是那个我们熟悉的大笑着的杨千嬅，是那个单凭一个“勇”字闯天下的杨千嬅，一如所有平凡却努力的人，倔强而可爱。

听歌曲是有赏味期限的，每一个阶段可能会爱极了某些歌，但时过境迁后，可能再也找不回当初的悸动。

年少时喜欢那些直白单纯的歌，为旋律、朗朗上口的歌词所打动，觉得写尽爱恋、青春。年龄渐长，慢慢发现那些总是顾左右而言他，甚至都不提及那个“爱”字的歌，才是真的情意深长。写进心里的歌，会让人有拍案而起的冲动。杨千嬅的歌就是这样的。

爱上杨千嬅的嗓音，清亮又有些许厚度，柔和却又蓄满豪气；也可能是因为爱上这份执拗的勇气，明知不可为，偏偏要往前冲。《勇》里写尽了所有为爱勇敢的姑娘，千军万马都要直冲，总要爱得够英勇，“跌下来，又上去”。要像烈女一样地爱，要像末路狂花般敢于私奔。

杨千嬅和陈奕迅之间若有似无的感情故事，一直被爱看热闹的观众津津乐道。前几年一次访谈，杨千嬅承认当年在华星时同陈奕迅有过一段情，但知道陈奕迅被问同一个问题时只是打哈哈时，杨千嬅笑着说："哈，男人都没有女人勇敢。陈奕迅是一个很好的人，阿徐对他很好，好适合他。"虽然之后她澄清说，可能是自己普通话表达有问题，并不是真有谈过恋爱，只可以说是识于微时的感情，比普通朋友更好，但又不是恋人。但这句"男人都没有女人勇敢"，应该是杨千嬅的心声吧。在感情里往往是女人敢飞蛾扑火，男人却谨慎得多。

张爱玲说："喜欢一个人，会卑微到尘埃里，然后开出花来。"原来世间再清高的女子，见到爱的人，也可能会束手就擒。《野孩子》里唱："明知爱这种男孩子，也许只能如此。"就算明知不可靠，偏要幻想在你心中，自己会是你最牵挂的那个女子。《少女的祈祷》里，还未懂得如何好好爱的女孩，会傻到为了他祈祷多遇几个红灯，希望在拥挤的车厢中多点时间共处。

青春年少，总以为抓在手上的才是自己的，因为太害怕失去，结果爱得太用力，将情人逼成朋友，再变成陌生人。"青春仿佛因我爱你开始，但却令我看破爱这个字"，不知有多少人被《大城小事》中这句词打动。只因这个开始，心动，心碎，掉入这一生爱的旋涡。

杨千嬅承认过的一段感情的男主角是郑中基。当年郑中基上杨千嬅主持的商台广播节目，对她一见钟情，还用了杨千嬅生日的“二月三日”做了歌名表达爱意。两个人在一起四个多月后分手，对外宣称是“性格不合”。杨千嬅后来谈及此事时，说：“同那个人分手后好不开心……我30岁的时候什么都好，但很不开心，总是约朋友喝酒，可是整班人陪我我也不快乐，当时我以为我要拿这个奖要拿那个奖，拿了我就会开心，谁知还是不开心。”

有人说，《可惜我是水瓶座》就是唱的她与郑中基这段感情，明明爱得要死，偏偏不会表现出来，“尤其明知水瓶座最爱是流泪”，却偏偏爱轻描淡写，装不在乎。然而敏感的心如明镜似的，“谁人待我好待我差太清楚”，因为看清了他，所以干脆选择放手，转身就走。被伤透了心的人，懂得“十年后或现在失去，反正到最尾也唏嘘”，何不如自己潇洒些。

林夕的《再见二丁目》中，一句“原来我非不快乐，只我一人未发觉”，让所有失意人泪崩。是真懂得也好，是安慰自己也罢，多少人要在爱里兜兜转转几次后，才能明白，爱不是靠努力就能拥有，要被伤过才懂得成长。

这首歌的故事，想必很多人都知道了。当年林夕与黄耀明约好在二丁目相见，但等了三个小时黄耀明都没来，林夕甚为难过，回去就写了这首词。听说杨千嬅第一次唱这首歌时，林夕听到后哭了。从此以后，可以说林夕把承载着自己感情的那些歌全给了杨千嬅，他说杨千嬅是他的心头肉。而这首歌，杨千嬅确实演绎得很好，像月光下一个萧瑟苍凉的手势。

我们在爱里受伤害，但在这爱的旅途中学会如何爱与被爱。在没遇到真爱前，我们都以为，为了能被爱要自爱，虽然并不舒服自在。其实爱与被爱是自然而然的事，不用去刻意学会。才明白在快乐时不会追问什么是快乐，也不必明白什么是快乐。

这是林夕在杨千嬅结婚后写给她的《原来过得很快乐》的歌词大意。是啊，幸福的人从来不会问什么是幸福。杨千嬅曾经说如果她遇不到对的人，宁可不要结婚。但没想到她遇到了丁子高，可是因为姐弟恋、女强男弱，男方又诸多绯闻，一直不被看好，甚至被传结婚是杨千嬅倒贴钱。但是，林夕讲起一次打麻将时，杨千嬅打错牌，自己在那里傻笑，“丁生的笑容却一片温馨，像看着一个小朋友做错事，但又好疼爱这个小朋友的样子……”爱一个人，看眼神就知道了。

每一个女人，总要经历很多东西，才能养成属于自己的性格。杨千嬅的勇敢、大笑、姑婆的性格，可能一半是天生的，一半是后天锤炼而成。一个普通的小护士，怎么从一个歌唱比赛一路唱到天后？一直被当作剩女、烈女的代表，谈过的恋爱也屈指可数，被好多人担心嫁不出去，怎么最终觅得良人，成了幸福的丁太，做了妈咪？这个中滋味，只有她自己知晓。像杨千嬅这样看上去大大咧咧的人，往往可能心思更细腻敏感，不然怎么唱得出这么多缠绵悱恻的歌。

今年是杨千嬅出道20年，世界巡回演唱会名为Let's begin。她说多谢大家陪她走过双十年华。想想那些从前爱与被爱，所有情谊与纠葛，终究是你我彼此相欠的最好的债。因为“没有过去的你，便无今天的我”。

人在渐渐成长，要学会与自我和解，原谅过去的人或事，宽容幽暗深处的自己。所以杨千嬅可以坦然地说郑中基是她成长过程中的一个对手，让她学会不要控制别人的思想，沟通要成熟。她不再像刚出道那会儿口无遮拦，旁人再问起同陈奕迅的感情时，她会打太极说忘记了。

一句“我忘记了”，其实比一个肯定的回答要更有故事。但又如何，她已经懂得什么该说，什么不该说，什么要珍惜，什么要放下了。人总要踏破茫茫人海，学会爱与被爱；总要爱到惊心动魄，才能从女孩成为女人。

生而孤独与温暖

第一次看《玛丽和马克思》时，看了不到半小时，便觉得节奏太慢想睡觉，就只好关了。第二次再看，是几年后的一个晚上，自己一个人竟然看到泪流满面。有人说，脑子进太多水，流出来就是泪。可能那中间几年，我脑子进了太多水了。

《玛丽和马克思》讲的是一个关于孤独的故事。在澳大利亚的玛丽是一个孤单的小孩，脸上有胎记，常被同学嘲笑，父亲忙于玩鸟类模型，母亲却是个酒鬼。玛丽，是所有年少时单纯敏感的人的写照：拥有丰富的感情与泪水，对世界充满好奇，却有自己的理解，孤孤单单地在自己的世界里徘徊。

而马克思是独居在美国的一个 40 多岁的男人，无神论者，会暴饮暴食，有一个想象中的朋友，但是他不懂与人相处，特别是女人。马克思，像成年的我们，不会哭，不懂得什么是爱与被爱，会封闭自己的心。可是他也有一份天真，怀着对世界真诚到近乎赤裸的理解。他像是一个未完全成长的成年人。

两人因玛丽的一封信而结识，因为她想知道其他国家的小孩是从哪里来的，就从邮局地址簿里随手撕下了一个名字和地址，写了封信寄给了他。

他们两个人，在各自世界里都被看成是怪人，是边缘人物。没有人去关心他们在想什么，需要什么。但是他们都怀着对世界真挚与纯净的理解，在不为他人所能懂得的世界里寻找生命的真谛，虽然一直都那么孤独。

所以这是两个孤独的人之间的故事。也许就是这种孤独打动了我。因为在玛丽、马克思身上，我看见了幽暗深处的自己，那个在孤独中徘徊的自己。

孤独，也许是我们要用一生去学习的命题。在这个学习的路上，最开始是害怕孤独，不敢独处，渴望更多的陪伴，而有些人终其一生都只选择第一阶段，之后就再也没有往前走了。第二步，是开始面对和了解孤独，虽不那么害怕，但依然有所迟疑和没有安全感。第三步，我们开始学习独处，去感受、接受孤独。这一阶段也许并不那么愉快，因为还是会有那种无助的感觉。第四步，我们开始懂得孤独的好，懂得怎么和自己相处，并且让自己享受其中。第五步，那可能是很高的境界了，没有过多纠结于独处还是有人陪伴，孤独还是热闹，一直都能与自己怡然相处，每时每刻既因陪伴而欢喜，又因独处而安心。

孤独伴随一生，是生命的本质，我们只能稍稍减少对它的触感，而不能使它消失。世界上有一种东西可以让你感到不那么孤独，即来自他人的理解，可能是家人、朋友、知己。

马克思的人生三大理想是收集所有的诺布莱玩偶，吃不完的巧克力，还有朋友。看到他的第三个人生理想的那一刻，我鼻子一酸，这是多么孤单的人。

但想想，我们也一样，都想有可以理解和陪伴的人。纵使你现在有朋友，在某个时候，你也可能发现你身边的朋友不能理解你。当你渴望有一个可以理解你的朋友时，朋友也是你的愿望。理解，并不一定是能够完全懂得你想什么，而是能够尝试从你的角度去理解人和事。

这部电影中，让我特别动容的有两个画面：其中一个是马克思说他不会哭，玛丽就把自己的眼泪收集起来，装在小玻璃瓶里，漂洋过海地寄到了美国给马克思。马克思收到后，站在镜子前，用镊子把玛丽寄过来的眼泪一点一点滴到自己的脸颊上。朋友，不可能时时刻刻都能与你默契配合，却因为一个举动，一份关心，足以温暖到你。就算不能完全理解彼此，但是拥有这样的爱，有一种孤独的温暖。

另一个镜头是玛丽因为与马克思产生误会，久不联络，爱人也离开自己，自己的生活也一团糟。她一个人孤零零地住在小屋里，喝着雪莉酒，织着线团，浑浑噩噩地过着。有一天，她想自杀了。当玛丽系好绳子，站在椅子上，响起了那首经典的歌：*Que Sera Sera*：When I was just a little girl, I asked my mother："What will I be？ Will I be pretty？ Will I be rich？" Here's what she said to me："Que sera sera, Whatever will be, will be；The future's not ours to see…"（当我还是个小女孩，我问妈

妈："将来我会变成什么样子呢？我是否会变得美丽、富有？"她对我说："世事不可强求，顺其自然吧。我们不能预见未来……"）

"世事不可强求，顺其自然吧"，在这一刻，突然就泪如泉涌。不禁想问，为何人生如此艰难，无论你多么努力，多么积极生活，始终都有我们无法解决的难题，无法承受的挫败感？人生为什么上一秒可以笑靥如花，下一秒却沮丧想哭呢？为什么如此努力，连做个平凡的人也如此困难？为什么拥有家人、朋友，却无法摆脱那种几乎如影相随的孤独感？

这一刻，我非常理解玛丽的选择。当她站在椅子上，镜头绕着她旋转，歌声也围绕着她，那一刻，她仿佛是一个公主，不曾体会到人世的沧桑，像出生的婴孩，纯真、美好。

在我们年幼时，我们都以为自己是不平凡的，是公主王子，一定可以拥有精彩万分的人生。也许我们做了很多事，不过是为了让自己有更多不一样，拥有更出色、更美好的人生。可是，慢慢你会发现，原来自己不过是个平凡人。然而承认、接受这一点很难，因为慢慢长大的我们，会发现连做个平凡人也很艰难。所以我们开始学着说世事不可强求，顺其自然吧，Que sera sera。

马克思写给玛丽的那封信里说："接受朋友的不完美，因为我自己也不完美。"里面有一句，"当我年轻的时候，我想成为除自己之外的任何人"。是的，我们曾经那么希望自己成为一个更值得期待的人，其实我们就是想成为自己以外的任何人。

也许是因为我们不那么爱自己，看看自己身上有那么多缺点，而想象中的自己不应该是这样子的。也许是我们不懂得爱自己，所以努力去改变，去做以前没做过的各种事。我们想象着在平行空间里，一定有另外一个自己，过着现在我们想过却不可能过的生活。

可是，当我们努力去改变了之后，变成自己想象中的样子后，那个人还是不是自己？还是我们只是学会了扮演那个自己希望的角色，而扮演久了，就自然成真了呢？

玛丽和马克思一直都是做自己的人，也许曾经扮演过其他角色，但都不及自己本来的样子。所以马克思接受了自己的缺点，适应了，因为它是他身上不可缺少的一部分。纵然世界不懂他，他在自己的岛上依然是王者。纵然世界不懂他，他还是选择了玛丽这个朋友，玛丽也选择了他这个朋友。纵然生而孤独，也无法抵挡温暖的光。

我想，每个人都有自己的答案，做自己，或者扮演一个自己。做自己，不是让自己变成谁，而是认识、了解自己，原谅自己的缺点，接纳不完美的自己。不为自己不够优秀而感到羞耻，也不为孤独而难受，而是在人生的漫长旅途中，能够与自己的所有和平共处。

适应孤独，是了解自己的开始；接纳自己，是做自己的开始。

人，是生而孤独。孤独如影相随，相伴一生，但始终有一些东西，能够如阳光般温暖。这一生，寻找朋友，了解自己，能够被他人理解，方能使这孤独旅程温暖万分。

亲爱的，珍惜是 now or never

每个月初，朋友圈常常要被一些句子给洗礼一下。比如“8 月你好，7 月再见”，“从 8 月起答应自己要做到什么什么”，然后在下面放个图片九宫格。而一到年底，你的朋友圈可能又被这类句子的 2.0 版给占据，比如：今年只有五天了，要好好珍惜；在 201× 年过去前要做的几件事等。

好像一到一个时间节点，平时慵懒的人类就会画风突变，变成一个积极上进、风一样的少年，追逐着时间。一个个嚷嚷着要珍惜时间，要做更好的自己。

也许写那么煽情的话，是因为对过去的时间心怀愧疚吧。我每一次想到在年初许下的期待，却在忙碌慌张的日子里，被怠惰的自己给丢失了。当年底的铃声叫醒了我们，就好像灰姑娘听到午夜 12 点的钟声快要响起，急急忙忙跑起来，心想跑得快，就能抓住时间的尾巴，那么那些还没做的事也许还来得及去做。

可是，这样子真的来得及吗？真的可以少点愧疚？你真的会去珍惜吗？有多少人不是愧疚了这一次，发完一次愿誓，然后故态复萌，在下个时间点再说一次这类句子的 3.0 版，重复着这样愧疚又无能为力的心情。

珍惜，不应该是像抓住时间的稻草。在仓皇想抓住的同时，我们就已经失去了固有的平衡。但珍惜又是什么？

少年时，我理解的珍惜是书里告诉我的，要把活着的每一天当作生命的最后一天来活着。然后我常常想，如果是生命的最后一天，那我为什么要在学校里读书？我有好多力气要去疯要去跳，我想逃课去流浪，去天涯海角。可是，我明明做不到。我只好带着一帮小孩子，在小镇上的角落里游荡，想象自己是离家出走四处流浪的天才。

后来，人们说珍惜就是不能让青春留遗憾，因为你不知道明天和意外哪个先来，所以想到什么就赶紧去做。我常常一激动，就开始打开网页查询机票、火车票，查询全世界那些我想去的地方的各大攻略，最后看一下我的钱包，默默地把网页都收藏为书签，然后关掉浏览器。至今，我的电脑里积压着长长的书签栏和一堆各地旅游攻略文档。我猜想，它们可能已经闷到在种蘑菇了。

到底珍惜是个什么鬼？人类是有多讨厌自己现在的生活，只要一提到珍惜，我们的反应就是赶紧抛弃现在的生活，进入到另外一种生活模式里，尝试不一样的人生际遇。为什么一提到珍惜，我们想的就是推翻过去，重建新的生活？

后来有人告诉我一个英语词组“now or never”，意为机不可失，把握现在，也就是要么现在就做，要么就不做了。我有种脑子突然被点亮的感觉，就是那种“噔”，恍然大悟：这不就是珍惜的含义吗？要么就认真生活，要么就被生活抛弃。

珍惜，不应该是像抓住时间的稻草，而是存在于现在的每时每刻。它不是让我们去推翻过去，否定过去，而是爱上当下的每一个时间段，爱上你所拥有的生活，对所有想做的事，尽全力去做好，也懂得量力而为。

五月天有一首歌，名字是《有些事现在不做，一辈子都不会做了》，简直是 now or never 的绝配翻译。歌词里有几句是这样的："每个平凡的自我，都曾幻想过。然而大多的自我，都紧抓着某个理由，每个渺小的理由都困住自由。有些事情还不做，你的理由会是什么？"让我们不去珍惜的理由又是什么？

也许是因为人类喜欢逃离当下，所以总想推翻过去，总不爱珍惜现在。因为既不爱现在的生活，也无力去重建新的生活，所以才把时光给虚度了。

有时候，我就好想一睁开眼，我已经是一个老奶奶，坐在一个种满花草的小院子里，躺在摇椅上晒着太阳，不用想明天的会议上怎么讲 PPT。或者一睁开眼，发现我在高中的课堂上打盹了，老师还在讲排列组合，左前方那个男生的后脑勺依然帅得不行。但一睁开眼，一堆工作等着我去完成。对今天的怀念，只能留到未来去做，而那时，已经谈不上对今日的珍惜了。

我特别钟爱自己以前写过的一句话："梦想在未开始前都不能称之为梦想，只能称之为梦和想。"那些你想做的事，道理不也如此？没有开始做的事，就只是想而已。当你真正去做，那才有珍惜可言。

有一次，我一说这个话，就有朋友出来反驳我，你这个说法和你小时候想的有什么区别？难道你要我明天就辞职去西藏骑行吗？我可是从来没有否认过小时候听过的那些关于珍惜的言论是错的，只是我们当时没有现在的体会，自己也没有做到，便误以为那只是一句漂亮的空话。多少箴言，不都是经历多了才渐渐懂得是什么意思吗？

我没有叫你明天马上辞职去西藏，也没有叫你马上放弃现在的生活去重建新生活，因为有很多事不是做一下加法就可以完成的。珍惜，是对每一个时刻都全力以赴，而不是将对生活的愿望推到未来的时间点。很想去西藏的人，就给自己一个时间表，什么时候去，然后开始做点什么准备。想买房子的人，制订好自己的理财计划，时刻留意房产信息。而不是在嘴皮上说说，在脑子里过过水。更重要的是，热爱现在的生活，认真地过每一天，这才是你所有想做的事的基础。

乍一听，还是很鸡汤。可是，当我自己将珍惜理解为now or never后，我发现还是有所不同。因为像我这种想象力丰富、常常在幻想里入戏太深、迷失自我的人，经常会天马行空，想到半路突然从云端掉到地上，把屁股都摔疼了，才发现我根本就在原地踏步做白日梦。可是我也懂得，得先学会在地上跑，才有可能飞。不切实际的幻想，本来就不是珍惜之道。

只有当你真正懂得珍惜时，你才知道生活这件事对你的意义有多大。只有你珍视你的想法并付诸行动时，你才知道这件事情原来这么有魅力。但也有可能，你会发现原来这件事根本不那么吸引人，那赶紧刹车。这也是珍惜之道。不去勉强自己做没有正面收获的事，量力而行，适可而止。

时光像风，无影地飞过。懂得珍惜是now or never，是诚挚去面对自我，有所思且有所为、有所不为，这才是珍惜之道。

生活的本来样子

小时候读到那句“不如意事常八九，可与人言无二三”，很是感动，虽然当时真说不出来为什么，就觉得脑门被一击。直到后来才发现，原来不如意事是十之八九，要常念一二。而这八九，还真没多少可与人言。能说的，自也没什么要紧的。

只是偏偏这个世界，有很多人不懂这个道理，他的不如意事，要与人言十分。一逮到有人愿意听，就像八爪鱼一样马上搭上来，抓着你非要把他那些苦水往你身上倒。这样的人负能量满满的。还有些人爱在各个社交平台，说自己这一天有多惨，有什么很不开心的事。

其实他们这么说，也不是期待能得到解决问题的办法，纯粹就是想发泄一下，得到旁人一句安慰的话。只是有时我想问，这是真实的吗？你们是不是被自己的话语放大了负面情绪？

当我们向别人诉说自己心情的时候，更多是希望对方能够理解自己。但是很遗憾，“感同身受”这个词就是个词，不是一种事实。人与人之间，基本上很难有这种感受。

俗语说，三个女人就是一个市场。女人们凑在一起，常常会就家长里短、婆媳姑嫂等一大堆事说一通，搞不好还要“义愤填膺”“同仇敌忾”。《红楼梦》里宝玉总说女子未出嫁前是无价的宝珠，嫁了人后就像个死鱼眼了。想想也是有几分道理的。确实有些人结了婚，每日生活圈子里多是老公、孩子和亲戚，聊天时说来说去也不外乎这些。人的视野一变小，只会将小事看作大事，把一件平常的小事添油加醋说个好几遍。家庭成员间的一语不和，便放大成是看彼此不顺眼。

有的人一遇到挫折，便以为是世界末日，以为全世界都对不起他。要么在社交平台写几句非主流忧伤的话，要么就要骂骂咧咧地“控诉”一番。我们这一代人，既没有经历过战争，也没有饿过肚子，从小生活在温室里，被捧着长大，一遇到一点事，会以为是“天降大任于斯人也”。说句实在话，就那么点小事，还不用天来降给你。

有时我也好奇到底事情有没有这么严重，是不是忽略了他人的情绪。当我自己也难过时，我选择跳出来，用客观的眼光远观自己，发现我也不知道为什么要这么难过。所以我尊重并理解所有人的看法、情绪，因为我不是你，你所有的反应都有根有据，只是可能我没看到。

但是，作为说话的人，不管是陈述事实，还是抱怨，其实并没有多大作用。一来言多心失，二来说多了便让听者心烦，也让自己抓着不放。但是很多时候，想要寻找发泄的快感战胜了你的理智，你还是忍不住要说出来。

特别是人在失意时，就会祈求能通过这样的言语获得安慰。而愤怒的人，又希望有人能和他站在同一条战线，一起来骂那些让他不爽的人。

可是啊，这样的抱怨本来就没什么意义。越是抱怨，越是不放过自己。这世界有多少人都没能见到今天的太阳，你能睁开眼睛，就没有多少资格去抱怨生活。

你可能觉得你经历的是最灰暗的一天，但很有可能，你将来会遇到比这一天更灰暗的日子。但是，生命中所有的得意和失望都会在你的可承受范围内。比起世上许多人，你已经幸运很多。

你说你就是想抱怨几句就好。谁都知道脏话说多了，也不觉得脏。抱怨多了你会怎样，你又能怎样？人要开心，须得懂得健忘。有些事气了恨了也没用，还不如去做做能让其有所改变的事，如果做不了，就由它去吧。

越是讲这件事，越是和自己过不去。我们不必自己和自己过不去，因为这世界有太多东西和我们过不去。

而且，你以为这些挫折、不愉快是自己倒霉才遇到的，但你有没有想过这些都是生活的本来样子，不完美也是生活的一部分。生活的本来样子，不可能一直都是阳光灿烂。人间有四季之美，生活亦是如此。

你现在所经历的一切，一定有人也经历过，未来也会有人经历，而且很可能比你经历的还要糟糕。而这一切都不过是生活的本来面目。

我们都不太懂生活，却自以为有足够智慧去应对。生活不过随意展开一小部分画卷，就已让不少人惊呆。我们所理解的生活，不过就是三寸的小天地，却常常误以为自己深懂人生奥义。一点点不愉快，便喜欢将其“上纲上线”。

请不要把自己看得太重或太轻。你现在耿耿于怀的东西，将来你可能都觉得无所谓。你觉得现在很牛的事，将来你可能只觉得是理所当然，稀疏平常。

人总是不了解自己，总是要在经历其他事情之后，才明白当初自己不过是想得太多。我们所经历的一切，都不过是生活的本来面目。

只要你明白这些不愉快、烦恼、挫折都是人生中的一部分，是你生活的本来样子就行了。既然我们的生活中注定要有这些，何须去纠结、烦恼？笑着面对它，想好怎么处理它，那不就好了？与人倾诉，无非是想要得到一点安慰和同情。但是如果你已明白生活本来就如此，以平常心看待，何须与人倾诉？

有人说回忆苦难的过去会是温暖的回忆，但只有那份苦难是已经走过去的，并且是你自己走过去的，才有可能是温暖的回忆。因为那代表你战胜了曾经让你胆怯的困难。

而生活本就困难重重。

如果你明白所有的一切都是生活本身而已，那不管你现在面对的是困难还是舒适，是顺境还是逆境，你都有足够的温暖和智慧去面对生活、经历生活，这样你也能为将来的回忆镀上温暖的色调，也能为今天的自己创造笃定的光芒。

最好的个性在于吸引

最近《花儿与少年》的热播，让陈意涵大火了一把。人们似乎第一次发现世界上竟然有这样一种姑娘：30 岁了还有一张不老的娃娃脸，像少女般年轻美好，而且不娇气不发嗲，有各种爱好，还是个运动好手。一笑起来就露出一口白牙，灿烂得很。

相比而言，宁静和许晴却总是被黑。她们可以说是公认的美女，可是从“神坛”走进了真人秀却就不那么美好了，纷纷被冠以任性、公主病、太自我的标签。公众说她们太装了，太作了，委婉点就说她们太有个性了。

个性，到底怎样才是有个性？是太有棱有角，有自己的坚持吗？可是一个人，不愿被外界磨平，这样的人不是也难能可贵吗？为何这么招人讨厌？个性，不应该变成让人讨厌的理由。

一直都很喜欢林依晨。出道这么多年，不炒作，以高智商、高情商著称，一直认真努力，几乎没有黑点。去年她结婚时，媒体少见的全是祝福声，没有去挖什么黑历史，圈内好友纷纷道贺，大家都感叹这才是人生赢家。

她和陈意涵一样，有自己的生活主张，对工作坚持，够努力，性格又可爱，但很少有人会说她有个性。

在我们讨论一个人有个性时，往往是指那个人通常很难相处，总有让人无法接受的地方，比如自私、任性、说话刻薄、骄傲。王菲是公认有个性的人吧，却一直以高冷而著称，不过还是有很多人喜欢她。可是，像林依晨和陈意涵，很邻家妹妹，没有太多的敌意，这难道不也是一种个性吗？谁说与世界温柔相处，就不是一种个性？

在中国，常常有各种高智商、低情商的学霸传说在流传。在我的读书生涯中，我所见过的被称为学霸的人，往往都是独来独往，不擅长与他人相处，也不太顾及他人感受，多是为了竞争在学习。直到后来，认识的人多了后，才发现学霸里也有很多人情商不低，而且活得丰富多彩。他们不是不懂待人接物，而是看自己愿不愿意待见你。这也算是一种个性吧，有所为而有所不为，不喜欢的便也不会多说两句。是我们先对“学霸”这两个字下了定义，正如对“个性”先定了个范围。虽然我还是认为一些学霸的个性一点都不吸引人，只是让人厌烦而已。

在我看来，最好的个性应该在于吸引，而非让人厌烦、远离。公众人物塑造形象时，也是要有个性又能吸引人。普通人，也应该修炼自己的个性，而不是甩几下手，摇几下头，只会把任性、自我当成个性来培养。

如今，人人都爱谈个性，大家都希望自己是个有个性的人，仿佛没有个性就没有发言权。曾有亲戚的小孩和我聊天，说自己在学校里怎么样带领同学拉帮结派，同学们都说他好有个性，我听完觉得这只是一个小混混的成长史，上学时这些小混混见多了。最后我和这小屁孩说，那些跟你打架的朋友，不见得有几个是真朋友，这是哪根葱的个性，分明是太多荷尔蒙无处释放的后果。结果话没说完，小屁孩就打断我，觉得我是个老古董，还说看错我了，以为我也很有个性。

青春期误认为的个性，太过单一，也太过粗暴。可是，成年人的世界，认定的个性也太过狭窄。个性，本来就应该是个中性词。只是，最好的个性在于吸引。就好像一颗孤独旋转的星球，散发出的光遇上了另一道频率相同的光。

怎么样才算是一个有个性的人呢？最好的个性可以有很多样子，但共同点应该有以下几点：有思想，有坚持，有自己的世界和爱好，也能让别人感受到他的光。个性的成功之处应该是吸引，而不是高高在上或被远离。

陈意涵最近的一条微博写道："勇敢，是什么？对我来说，敢奋不顾身去爱去流汗，敢被讨厌，敢接受事实，敢一个人很快活，敢两个人不怕受伤，敢毫不犹豫地起床，敢说到做到，敢冬天洗冷水澡……好多好多，但真正我最坚持的，还是要有被爱跟被抛弃的勇气，这样的人，我努力成为……"

这样的话，配上她大大的笑脸，不觉得很鸡汤，而是像一个小太阳在照亮你。最好的个性在于吸引，能让你像一个小太阳，散发出光与热，让这个世界因为你有一点点不一样。

人生是自我对孤独的救赎

一个周末的早晨，我特意调了闹钟，一早醒来，买菜，做早餐，打扫卫生，忙到9点多，刚好打扫完，出了一身汗。看着窗明几净的房间，心里满满的成就感，心想正好再去洗个澡，看会儿书或电影，就可以准备做午餐了。这时，停电了。整片区域的变压器烧坏了，要等抢修。就这样，没有期限的停电，发生在我全身是汗，忙活了一个上午，准备好好休息时，在南方可怕的夏天，在阳光暴晒的时刻。

那一瞬间，我要崩溃了。这就意味着电热水器不能用，电磁炉不能用，午饭可能做不了，菜可能会坏，路由器不能用，没有 Wi-Fi 了。而我，一大早起来忙了这么久，最后只能坐在地板上滴汗、发呆。

夏天独有的焦躁马上吞没了我，我觉得我要快被气哭了。我发了几条微信给朋友们说我现在的处境。然后，他们都告诉我“心静自然凉”“恭喜你”“去洗个冷水澡”“出去喽”……可是，这些话，我还是觉得安慰不了我。我开始胡思乱想，为什么我这么努力，却这么不顺利啊？我就想给自己一个更充实的周末，让我觉得自己有点改变，怎么那么难？而我现在的心情，还没有人能够理解，为什么这样不开心呢？接着，所有工作的压力、生活的不顺心、不被理解的心情，就像火山突然找到一个爆发口，迫不及待，喷薄而出，劈头盖脸地浇了我一身。我蹲坐在地板上，眼泪就开始“哗啦啦”地直掉。

这种瞬间袭来的孤独感，像一层保鲜膜，把我包裹得密不透风，不沉重，而是窒息。我像个三岁小孩，好想任性地摔掉玩具，耍个赖。

唉，你也有这样莫名的失落、孤独的时候吧。可能你是在大马路上耍酒疯，一个人在深夜痛哭。这种孤独感，简直就是装死的火山，总在一些非常小的事情上引爆，带来大面积的感官情绪瘫痪，还要被大家嘲笑是太敏感想太多了。

我总觉得，我的孤独感是一只与生俱来的宠物，像影子跟在我屁股后面，被它跟烦时，就在某一个突破口爆发，好想扔了它，却又牵扯不清。

于是我看着那个“幽暗深处的自己”在哭泣，在寻求理解，在试图摆脱孤独感。我向朋友们倾诉烦恼，可他们告诉我的解决方案，都是我也曾告诉过他们的。我向朋友们描述心境，但他们觉得只是小事，是我太玻璃心。

我才发现世界上是有“感同身受”这个词，却没有这回事。孤独感原来来自不被理解的各个瞬间，不能找到共鸣的每一场谈话中。原来不被理解才是人生常态。

我翻山越岭，你体会不到我的辛苦；我欢呼雀跃，你也感受不到我的欣喜。坐在地板上发呆，就像走在荒芜的沙漠里，望不见人群。

可是，我必须忍耐这样的孤独感，因为人生终究是自我对孤独的救赎。刘瑜说：“适应孤独就像适应一种残疾。”

孤独，不是无人理解，而是很少有人愿意从你的思维角度去理解。我们只能试着揣摩自己，自我救赎。

那天，哭得差不多后，我去洗了个冷水澡，换了身衣服，拎着一本书，坐了趟车，到了一家咖啡馆。在那里，坐了一天，喝了两杯咖啡，吃了一个小蛋糕，看完了一本书。

我觉得，那个周末也过得很充实、很美好，虽然我买的菜都坏掉了，虽然我哭了，虽然我被孤独感打败了。但最后，在我独处的时候，我觉得我与我的人生达成了和解，我不再生气孤独老跟着我，反而它的存在让我觉得自己不一样。

试着去接受不能被理解这个事实，学会通过独处来适应孤独，成长是与自己达成和解，不强求，不纠结。

人生真的是自我对孤独的救赎。在那个“幽暗深处的自己”哭完后，记得扶他站起来，与自己合体，又是一个雄赳赳气昂昂的汉子。那时可能你也会觉得，孤独也是件蛮可爱的事。

愿你能做自己，并坦然欢喜

逢年过节，最怕遇到久未见面的亲戚长辈问我：“你在什么单位上班？多少工资？”“你为什么不考个公务员？”“为什么不去国企工作？”如果我说：“我喜欢现在的生活，喜欢并不稳定的状态，喜欢每一天都有新的挑战。”我可以想象出，他们会以一种不可思议的眼神看着我，然后说：“你是不是书读多了，读傻了？”

是啊，我真的书读多了，读傻了，所以我才觉得，为什么社会对成功的定义如此单一，对人的理解如此片面。一个活生生、有血有肉、有思想有情感的人却总被描述成几串数字、某个职位、一些地址。

每一次，亲戚们打听完我的工作，在知道既不是好单位又不是国企，又没有能暴富的收入后，他们会说：“也好，也好，年轻就多打拼吧。”凭什么我自主选择热爱的生活，努力向上，比起那些过早开始养老或者随便打发日子的人，却只能混个“也好”的评价？

蔡康永最近在视频里谈及自己出柜，说不希望被当作怪物。在很多人的观点里，岂止出柜，不去考公务员、不在适婚年龄结婚、不买房、不生孩子等，都是奇怪的人类。曾看过一篇文章说：“没有考上公务员、教师或者医生，以及不按规矩出牌的众多女性一起被框到‘二流子’的队伍里去了。”真要为作者的睿智拍案叫绝，事实是如此残酷，却又让人会心一笑。

我们的文化里，并不鼓励每个人不一样，甚至有些害怕不一样的人。人们习惯以地域划分人，他们北京人怎么样，他们上海人怎么样。每个人带着他们那群人的标签，好像一张张扑克牌。以至于我们只关注群体特征，而不是个性差异。个性，变成当今年轻一代和极少数违背普遍价值观而活的人的标签。当一个人敢于不一样，敢于去面对真实的自我，敢于说我是谁，而不是我是什么人时，他就注定踏上了一条孤独、艰辛的路途。

曾有朋友爱上同性后来问我，能不能接受，会不会觉得很奇怪。我说，不会，你开心就好。因为，假如只是因为你和我不一样，我就觉得你是个怪物，那我岂不更是个怪物了？

安吉丽娜·茱莉，如今是公认的人生赢家，美丽坚强，有帅气的好老公，有美好的联合国家庭。但有一次看到写她的文章，标题是《30 岁之前不良，30 岁之后从良》，着实被标题吓了一跳。从良，是这样用的吗？就因为人家当年疯狂的事没少做，结过几次婚，现在做慈善，事业发展得好，家庭也兼顾得好，是个好妈妈，就变成从良了？一个人不是都有成长期吗，没有那些疯狂过的青春，谈何阅尽千帆的从容？

假如安吉丽娜生活在中国，可能会被很多人批评辱骂吧。就像王菲，两个孩子的妈，还能在 45 岁离婚，重新和前男友复合，活得自在随意。这些都是多么与众不同的人生啊，她们活得多帅啊，可是也要遭受这个社会的不理解、不认可、不善意。

18岁写出《你好，忧愁》的弗朗索瓦丝·萨冈说过一句很酷的话："我相信自己有权自毁，只要这不伤及他人。"她写作、赛马、赌博、飙车、酗酒，甚至还吸毒，并与萨特、法国前总统密特朗有着不寻常的友情，然而依然备受法国人钟爱。做真实的自己，坦然帅气，只要不伤及他人。坚持自我的选择并承担责任，这样的人难道不值得尊重与宽容吗？凭什么要一样才安全？

但在中国，如果没有按那条最常规的中国之路前进，第一个被伤害的人可能是父母。不听话，不去好好读书，不找个安稳的工作，不去相亲，不在30岁前结婚生子，不买房买车，这都是不对的，会被人们认为是奇葩。父母的期望、亲戚朋友的询问、街坊邻居的眼光，都足以慢慢消耗掉你对自我的坚持。

也许真如蔡康永所说，只有当你走到这个行业的顶尖时，才能堵住质疑的嘴，才能让你的父母接受。其实和别人不一样的你，也可以做到很成功。但是，不是每一个做自己的人都能活成传奇。

我特别钟爱的电影《玛丽和马克思》里，马克思说，年轻的时候，想要成为除自己之外的任何人，可是终有一天，要学会接受真实的自己，他不完美，有很多缺点，而缺点是我们身上的一部分。我们要学会与自己共处，学会与自己和平共处，并坦然爱自己，这可能是我们一辈子都要学会的命题。无关他人，只关乎自我。当你能接受自己的不完美，并有强大的内心去做真实的自己时，千万人于你只是背景色。

虽然不是每一个真实的自己都那么帅，但每一个人面对、接受真实的自己的勇气都是一样的。都要走很多的路，做很多的事，可能要有很多次的深夜痛哭，要屡败屡战，才能锤炼出强大的内心，我们才有可能接受真实的自我，并做好那个自己。

愿有人爱你本来的样子，愿世界更多一点宽容，愿你有勇气面对真实的自我。可能真实的自己并不是很酷，但如果你能做自己并坦然欢喜，这不也是活得帅气的证明？

我们都迷恋制造仪式感的悲伤

当我准备一个人搬出来住时，很多朋友都劝我要三思，他们告诉我一个人住的时候是怎样的孤独与寂寞，没有人和你说话，感冒头疼时没有人照顾你，连炒一个青菜可能要分两顿才吃得完。听上去一个人住就好像住在荒岛上。当我开始一个人住时，我发现真实情况确实如此，可是却因此得到更大的自由，也没有朋友们说得那么不能忍受孤独与寂寞。

在一个冬天的周末，睡到傍晚才醒来，天气寒冷又肚子饿。我一个人坐在沙发里发着呆，寻思着晚上吃什么。这时刚巧朋友打电话来，但不知怎么就有点争吵，后来挂了电话，突然就觉得人生空虚寂寞冷，此刻孤零零一人更觉凄惨。又回想起前几天工作上一份数据出错挨批了，昨天去逛街又买不到新衣服，等等，越想越觉得要哭一场才行。边哭边想了各种不愉快的事，比如怎么天天都那么不顺利，为何还是单身狗，一个人住还真是孤独。

抹干眼泪后，就去煮了泡面，窝在沙发里，还看了一部电影，心情就变好了。不禁问自己为什么刚才要哭呢，也不知所以然，是因为一个人真的是孤独的吗？有些眼泪来得莫名其妙，好像需要一场眼泪为那天的失落画个感叹号。

直到最近有一次心情不大好，便和好友喝酒到半夜。但醉醒后，该面对的终究要面对。只是喝了酒时，好像可以任性而为。俗话说“借酒消愁愁更愁”，可是我们却偏偏更想这么做。想起了大学毕业那会儿，经常有人醉倒，宿舍里经常喝到天亮，操场上也常有人在嘶吼。好像没有喝过疯过的毕业季不算毕业季。原来我们是在追逐着一种仪式感，并在其中享受这样的忧郁或者悲伤。

就好像那个冬天的晚上，我本来并没有那么伤感，可能就是肚子饿而已。偏偏和朋友的一语不和，触动了我的情绪，于是，那些悲伤的情绪就开始涌现。明明没有那么严重的事，在我哭泣的过程中，不断地强化，最终变成一次足以匹敌“在深夜痛哭”的经历。

有些人失恋时，会天天抹眼泪，喝酒解闷，找人倾诉。诚然，失恋是人生的一件伤心事，但这样的消解方式，往往也是在加强这份情绪。开心的时候，喝酒唱歌庆祝，也是一种仪式感。不开心时，要哭一场，说些伤感的话，就是纪念这次难过的一个仪式了。而正是在这种仪式感里，强化了我们对生活的感受。一种情绪，我们都有一套相应的仪式。这样也无可厚非，但在这个讲究个性，每个人都喜欢讲自己的故事的时代里，这些仪式有时更像是作秀，企图感动某个人，到头来只能感动了自己。

A 君曾经苦恋一妹子多年，为了追妹子，从高中一路追到大学，但在一起没多久后就被妹子甩了。A 君非常难过，花了好几年的时间才走出失恋的阴影。那几年，他天天沉迷于游戏与酒精中，偶尔会发几句酸得让人看不下去的话，而且每到妹子的生日等重要日期，他还要发祝福，一副痴情公子的模样。如今，他已与别人结婚生子，生活幸福。

有一次借他喝醉时，我好奇地打探他是怎么走出失恋阴影的，毕竟我们都以为他这个情种要孤独终老的。他说刚开始是真的伤心，好歹喜欢了那么久，发祝福都是真心的，发什么状态都是因为真的难过。但是慢慢地，这一切好像是种习惯，自己习惯了每天借酒消愁，习惯了一副失恋的状态，甚至迷上了这样的状态，有点沧桑，有点浪漫，还有点悲壮。但后来有一天发现自己只是迷恋扮演一个痴情专一的人而已，而失恋时的那些情绪早已随着时间的流逝淡化了。A 君双眼半眯，举着酒杯："有部电影里说，你做那么多事不过就是为了感动一个人。我搞了半天才知道，我是在感动我自己啊！只是想为自己的青春写下浪漫悲壮的爱情啊！"

听了 A 君的说法，我会心一笑。一来，欣赏他竟然看得通透，点出自己的执迷不悟；二来，感叹我自己也常常陷入这样的角色扮演和仪式感里。

前阵子刚好看到蔡康永在主持金钟奖典礼上的一席话，他的大意是说社交网络让我们每个人可以把自己的故事放上去，满足了人们对自己的八卦之心，也了解了别人的八卦。每个人都渴望被了解，而社交网络提供了这样一个开放的平台，让所有自愿让别人了解自己的人，有机会也足够得体地向他人讲述自己的故事与情感。也许正是这种自愿讲述的冲动，制造和强化了我们的仪式感。

比如在朋友圈等社交平台上，写一些感性伤心的话，俨然已成为自我制造的仪式里一种很重要的方法。比如谁和谁分手了，想知道真假，去看一下他们的社交平台，是不是有写什么明示暗示的话。有多少人不是从社交平台上了解了别人的八卦故事，和我们从明星们的微博上知道他们的恋情是一样的。

曾记得有个妹子，见面聊起近况，她说你怎么没看我朋友圈，我的近况、我的喜怒哀乐都写在上面呢。我只好说朋友圈那么多人看不过来，现在聊聊你的喜怒哀乐？但妹子说让我先看了朋友圈再和她聊，这样才有沟通的基础，因为她这个人、她的生活都展示在上面了。

有人会觉得写在社交平台上的话，是为了自己以后可以回忆，并不是为了制造什么仪式感。其实现在你郑重其事地写下来的情绪，再回头看可能完全想不起究竟是发生了什么事。那些我们郑重纪念的东西，可能过几年就忘记了。正如忘记旧爱的方法，就是时间和新欢。生活里的各种情绪，亦是如此。

在这些仪式感里，加强了我们对生活的感受。但有时候，持续沉浸在某一种特定的角色扮演和仪式感里，就像一种作秀，让人觉得腻烦。假如一个人长年生病卧床，久而久之，大家也不会像开始那么关心他了。这也许就是人性恶的一面，对存在的事情习以为常后，会忽略不计。如果你沉浸得太久，旁人会以为你不肯放下，而你自己也会以为自己放不下。

这些仪式感里，可能并不一定就是对生活的真实感受，尤其是那些忧郁、悲伤的情绪。仪式感里会不小心地放大一些感触，将一件小事变得尤为强大，促使自己在其中不断回味着那些情绪。当你沉浸在怎样更好地扮演那个忧伤的角色时，你可能被自己迷惑了，失了方寸。可能我们只是迷恋生活不是那么庸常，渴望有那么一点特别的感受。但生活里大都是小哭小闹，没那么多的大喜大悲。所以，自己制造点仪式感，可以点缀下生活，但也要记得抽身而退，知道心里真正的感受。

你患了人生拖延症吗

小蔓刚租了个新房子，因为原房子要到期了，她急着租了一栋很老的居民楼里的小单间。那里其实并不是很好，只有简单的几件家具，为图便宜，就没让房东配家电。小蔓心想着，反正这里也是权宜之计，过几个月，再找个好一点的地方。结果，在那里一住就是好几年。 每晚下了班，高跟鞋一扔，人就往床上一躺。因为地方小，做饭也麻烦，干脆就叫外卖。

小蔓总是想，等我忙完这阵子再找房子吧，可是她的工作一直很忙。偶尔她也抱怨住得不爽，比如天气热房子不透气，每天吃外卖很烦等，可是她也这么过了几年。

小蔓曾经约好和大学闺蜜在毕业前一起去旅行，但一直停留在说说而已。现在毕业好几年了，闺蜜都快结婚了，两人都还没有去旅行。不过两人也没有说要去哪儿玩和具体时间，所以也谈不上失约。那就像一个待完成事项，但是没有最后期限，更像一个难以实现的目标。

不知道你是不是也有像小蔓这样的经历，买了 N 年的书，一直在书架上积灰尘；说了多少年要去学技艺，一直停留在说的阶段……我想，可能我们是患了“人生拖延症”。

什么是人生拖延症?

拖延症是把我们计划中要做的事一直推迟，而人生拖延症的事情就是那些事并非是要去完成的任务，而是我们有意想要去做的事，完成这些事带给我们的可能是生活质量的提高、实现愿望的满足感、骄傲的感受。租一个更好的房子，读一本一直想读的书，去一个想去的地方旅行，没有它们，日子依然可以过，但你知道如果能完成它们，会是一件很棒的事。

小蔓的房子就好像我们的人生。我们对它有很多不满，我们想把它变得更好，但总是因为各种客观原因，我们无限期地把那些可以去做的事往后推。在心理上认为这件事我“迟早”会去做，可是这个“迟早”是遥遥无期的。我们明知道这件事对自己很重要、很有意义，却始终无法踏出第一步。

为什么会是人生拖延症?

为什么我们会患上人生拖延症呢？我的理解是，因为你内心并没有真正意识到这件事的意义，没有从心底里真正渴望去做好这件事。你的心都不动，人怎么会行动？如果你自己不从心里去渴望做这件事，我想没有谁能帮你去完成这件事。

懒惰是人类的天性。如果不是因为懒惰，就会少了许多神奇的发明。可是，世界上有很多事是不能取巧的。罗马不是一天就建成的，马甲线也不是一天就能练出来的。生活的真相是，有很多事你不想做，却又必须重复去做，比如早起，你还想再睡会儿吧，但是你得上班得起床。而有些事你想做，却没有做，因为你说挤不出时间了，太难以坚持了。多少人对想做的事一再拖延，却对不得不做的事交上合格卷，在拖沓中茫然地度过了每一天。当你回忆过去时，可能不是很骄傲自己做过什么，而是抱怨为什么我没有做那件事，有着太多遗憾与悔恨。

怎么解决人生拖延症?

正如前面所说，解决人生拖延症首先要看你自己。如果你不想去做，如果你觉得自己也没什么拖延的，那我们自不必谈论这个问题。

从我的个人理解上，首先我们要解决几个问题，才有可能改变：

第一，改变你对这件事情的认识，感受背后的东西有多大诱惑力。

像小蔓，虽然一直诸多抱怨，但是因为她就每天晚上回来睡个觉而已，并没有对居住环境有多少期待，虽然并不是完美的，但依然可以维持基本的生活所需，因此小蔓对新的住所并没有多少渴望。假如她换了房子，依然还是这样的生活方式，那也并没有多少转机。她并没有真的认识到自己为什么要去做这件事，做了这件事是不是能给她的生活带来什么变化，因此她也就不会主动去改变。

改变你对一件事情的认识，告诉自己去做这件事能够给自己带来什么，并感受背后的那些东西对自己的诱惑力有多大。比如为什么我要把英语学好，是帮你获得更好的就业机会，还是让你认识更多人，或者你只是因为喜欢多掌握一门外语。就像我们喜欢周末，只是因为周末意味着可以休息、娱乐、玩耍。想清楚你为什么要做这件事，它能为自己带来什么，那些收获是你想要的吗？它背后的诱惑力大吗？人是无法抗拒诱惑的动物。

如果答案是肯定的，那你可以好好想想。如果答案还不确定，那不要白费力气了，找点其他的事来玩吧。

第二，确定后，把要做的事情拆分开来。

当你确定后，把你想做的事分解一下，可以通过哪些台阶一步步到达。很多人都向往去西藏骑行，很多骑友是从半年前就开始制订了训练计划，每天要跑多少米，要骑多少公里，要保证多少运动量。当你做完这些，你的体能也就跟上了。那时候，想要去西藏就变成一件容易完成的事了。

有时候，我们觉得一件事很困难，因为这件事可能本来就是要打持久战的。所以如果不把这件事拆开来做，光是想想，连第一步都无法踏出了。

想让自己每周有时间去图书馆看书，一想到每天都要去，你可能会觉得太难。那就把思维反向转换一下，换成这周去一次图书馆，专心看书，下周就不去了。两周后你觉得可以再多一天也无妨，慢慢地坚持下来，它就变成你的一个习惯。之前有人说，当你把健身这件事变成习惯后，就不需要强调自己要坚持，因为你会自然而然地去做这个事。

第三，列一个清单，享受打钩的快乐。

以前我在找工作时，列了我对未来工作的几点期待：地点、什么样的企业、什么类型的工作内容、薪酬等。后来当我离职时，我发现那些期待都达到了。我才发现，从一开始写下了期待，你的选择就有了导向性，你会根据你想要的去为你面试的企业打钩。甚至不知不觉中，你会让你的工作往这方面改变。

做事情，道理也是一样的。把那件想做的事分解成一个个事项，列在清单上。想去学画画，先了解一下画画的知识，看一下自己到哪个水平，要不要找个老师或报个班去学，大概学习多久，自己要坚持多少的练习量，每次完成一件，就在清单上打个钩。这是一件你想去做的事，那么去完成它该是一件多么美好的事。美好是不应该被辜负的，每打一个钩就好像给自己盖上一枚邮戳！

我们常常活在羡慕他人的情绪里。袁珊珊被黑了多年，但是因为健身练成了马甲线，一下子受到网友们的热捧，纷纷从黑转粉。大家都知道健身并不是一件容易的事，人们羡慕的事，大多数是那些大家都知道好，但是难以坚持做好的事。

人性很奇怪，因为懒惰，所以我们羡慕那些不懒惰的人。其实他们可能不是不懒惰，只是将勤奋放在那些有高附加值的地方。把你的精力和心血放在那些更有价值的事情上，放在那些你真正想做的事情上，不要给自己那么多理由和借口去逃避。直面那些你想做的事，像庖丁解牛一样把它拆了，分解成每一件重要的小事，列在清单上，一个个去完成，一个个去打钩。当你爱上打钩的快感，就不再是人生拖延症患者了。

向过去的自己缴械致敬

你有没有想过，如果在路上，有个人迎面走来，他竟然是过去的你。这时，你会做什么？叫住他，和他聊一聊，还是跟踪他，看他做什么？

One

有一天我回到老家，偶然兴起就走回到我的小学。校园里的树木和当年一样葱郁茂盛。适逢放假，也没什么人，我安静地踩着小碎石，走到了学校后门。

在那个大榕树下，站着几个女孩子，她们正在闲聊。我当年也很喜欢那棵大榕树，喜欢透过密密麻麻的树叶看天上的太阳。有个女孩子，穿着一件鹅黄色的短袖，像我以前一样，坐在大榕树旁边的石头上，举着右手，仰望着天空。

我看着那个场景，觉得好熟悉。原来这么多年过去了，那份熟悉和亲切感依然在。原来不是物非人非。我也走到大榕树下，仰头看着太阳。

不知道什么时候，又来了几个女孩子。听见她们在叽叽喳喳地说话，却听不清楚说了啥。我突然很想知道现在的小学女生都在聊什么话题，于是转过身，想靠近点，听得清楚些。

我慢慢走近，但听到她们正在互相对骂，指摘对方背后说自己坏话，中间夹杂着许多粗话，有些很是不堪入耳。突然，那个刚才在榕树下看太阳的女孩用手推了下对方，对方马上冲过来一把扯起她的头发。两个女孩撕扯在一起。这时各自阵营的人就开始在旁边大喊“加油，加油”。

天哪，我心想现在的小孩子怎么这么野蛮。我走了过去，想把她们扯开。我抓着她们两个人的胳膊，大吼一声：“喂！你们这些小屁孩，打什么架！不要打了！扯头发多恶心啊你们！”

那个小女孩一把推开我：“阿姨你走开，鬼要你多管闲事！等下我连你一起打！”说着恶狠狠地盯着我。

纳尼？这个……这个小女孩长得那么像我，那不就是十来岁的我吗？什么！

我非常生气地拉开她：“什么！你叫我阿姨！谁教你说那么难听的粗话的，还学人家打架，在学校门口扯头发！你哪根筋不好了，学人家还学得这么没有技术含量！还要打我……”

她翻着白眼看着我，突然大声尖叫：“啊……”

“啊……”好像是本能反应，我也大声地吼回去。

啊……我醒了，天花板上透着微光。望望窗外，应该是凌晨四五点了吧。身上盖的被子已经被我扯成面条状，睡觉前抱着的公仔也已经被我扔到了地板上。看来我是手脚并用地在梦里打架。

睡不着了，我不禁回想起梦里的我，哑然失笑。

小时候的我真的就是那么顽劣。那个打架的场景也是有的，只不过不是在学校的大榕树下，因为怕被老师发现，约在了其他地方。和人掐架时，就用最难听的，连自己都不知道是什么意思的粗话去骂对方。谁说的话不好听了，我就白眼一翻，瞪过去。上课时就在吃零食，还怂恿别人一起吃。在好脾气的老师的课上，就故意叽叽喳喳地讲话。

后来家里对我多加管束，我也好像突然转性，觉得那样的生活没有什么意思了，对自己做过的事有点引以为耻，也就不再那样玩了。

如果现在让我真的见到那时候的自己，我应该还是会像梦里一样去骂她一顿，然后再跟她说不准再说那些粗话，但是真要打架时就认真打，输了也要站起来。

可是，虽然那个死小孩实在很欠扁，但我对她却讨厌不起来。因为她爱憎分明，义气十足，虽然经常不听话，很是调皮捣蛋，但是比现在的我有棱有角多了。虽然肤浅，又很幼稚，还自以为是，却觉得很好玩。

不，我想如果真让我遇到那时候的自己，我可能会在旁边笑着看她打架。在她打完后，拎着她到附近，抱抱她，叮嘱她少讲那些粗话，然后郑重地和她说声谢谢。谢谢她把我那时候的生活过得那么活色生香，天天都有不一样的精彩。谢谢她保留着那么有棱角的我，让未来的我都心生敬意。

Two

有一次我闲来无事，翻看了自己以前在 QQ 空间发表过的说说。真的是没有一点点防备，我被自己曾经的忧郁少女气质给扑倒了。那股扑面而来的悲伤气息，快把我自己给淹没了，直接就想向当年那个忧郁少女缴械投降了。我越看越乐，忍不住给自己那些浓浓悲伤风的说说回复评论了。

“我是只蜗牛，能看得见大把大把的阳光吗？”

我的评论：“请问你那时候怎么变身为蜗牛的？后来怎么变回来的？我现在已丢失此技能了！”

“天是蓝色的，但什么时候才是属于我的？”

我又评论：“看看就好了，你没那么多钱，买不到天空。”

“醒来之后一阵恍惚。醒来的可是自己？那种情绪再一次侵蚀。”

我只好评论：“没睡醒而已，别想太多。”

我猜想那时候我可能正疯狂地迷恋“45 度明媚忧伤”诸如此类的句子。

不仅看了以前的说说会被自己雷倒，看自己以前写的日记更是会吓出一身冷汗。

当时写日记，估计我是出于保护隐私的敏感心理，将里面出现的所有人名以代号来记。这一篇叫 A 的人，下一篇叫 A 的可能是另外一个人。而且对于当时发生的事情，只有大概的描述，基本上都是大段大段的情绪和心理活动。

所以我重新翻看时，经常不知道发生了什么事，也不知道写的到底是谁。但那些描写给我的感觉，就算不是世界末日来了，也是我的心碎掉了，延续了和 QQ 空间说说一样的忧郁少女风。

我有段时间因为内心很失落，所以抄了许多句子，但是这些句子渗透的却只是“苍白的悲伤”。那段时间总是每天问自己许多问题，却从来不知道答案，因此“在嬉闹的人群中有一种刺骨的寂寞”。直到有一天，我突然看开了，于是我觉得生活里应该是“甜甜的带着轻轻的酸”。

我愣是想了很久，也没能体会出什么是“甜甜的带着轻轻的酸”的生活，也想不起带给我那么沉重的寂寞与失落的究竟是什么事情。

面对这些充满不知名忧郁的词句，我没心没肺地笑了。也许这样的感受，看上去是很矫情，却只能在那敏感的少女时代能够感受到，也敢于这么说出来。

那时人生经历少，一点小事都可以幻想成惊天动地的大事，一点小情绪就要用大篇幅堆砌的字眼来形容，渴望着有人能在这字里行间读懂自己敏感的心，又害怕被人看透。

虽然这样的感情和思绪，如今看来未免肤浅无知，但真的是当时真实的感受。我在日记里真实地呈现了一个肤浅的，却又在努力地成长的自己。

敏感并不是性格的缺陷，相反，让我们更能够体会到生活里的痛苦，从而也提升了我们承受痛苦的能力。

当年耿耿于怀的事情，那些纠结的情绪，如今我想来只觉得好笑。如果时光倒流，站在那个忧郁少女面前，我只会静静地听她讲述她内心所有的彷徨与困惑，尽力地回忆、理解她的那些思绪，让她知道，拥有这些情绪、想法的她并不是孤独的，每个人都曾经有过，只是有的人后来放弃了这些敏感的触角，做了一个感觉迟钝的人。而她却一直完好地保存着，并承接给了今天的我。她曾经那么真实地面对自己的感受，也影响了今天的我如何诚恳地面对自我。

有时候我也会很纳闷，我是如何从忧郁少女进化为现在的逗逼青年的。可能就是在这些真实面对自我的对话里，我一点一点地挖掘了自己性格里的各个方面，也认识了自己，能够更为完整地表现自己。

Three

经常听到有人说，要让未来的自己感激现在拼命努力的自己。但我觉得，每一个过去的自己都值得深深感激。不管她有多少缺点，有多么不完美，甚至有多么可笑，我都感激、尊重她的存在。因为正是那个昨天的自己，才成就了今天的我。

如果有时光机，你是想穿越到过去，还是想去未来呢？据说，东方人喜欢穿越到过去，西方人则喜欢到达未来。如果是我，可能我哪儿都不去。虽然我喜欢这项发明，但不想靠它来改变任何时间点的任何事情。因为相比而言，我会更愿意保留事情应该有的发展脉络，而不是我觉得怎么样更好就去改变它。因为在那个时间点做下的决定，不管将来证明正确与否，都是那个当下最好的决定。

法国作家贝尔当·桑帝尼有一个绘本作品《我怎样毁了我的一生》，描述了一个男人的一生，在长大之前他拥有许多宝贝，聪明而富有，可是当他长大后，他却学会撒谎，变得愚蠢、虚荣、庸俗、丑陋，没有朋友，也没有爱，就这样他毁掉了自己的一生。

许多人看完这个言简意赅的故事，都会陷入深思。它抛给我们许多问题，比如什么是成功，什么是幸福的人生，生命的价值又在哪儿，我们又将要做一个什么样的人。这都是我们这一生要去寻找的问题。

成长与改变，是这一生我们都必须要经历的事情。而这种成长与改变，可以说是我们的收获，也是我们必须付出的代价。

面对过去的自己，你可能会心中有愧。因为你发现今天的你，没有把当初的那个自己保护好。没有保护好他的棱角，你渐渐变得圆滑；没有维持他的倔强，你学会了向世事妥协；没有坚持他敏锐的感知力，你变得难以被感动。

所以假如我与过去的自己狭路相逢，我会对她缴械致敬。缴械是因为我发现我并没有资格去批评她，甚至在我迷茫时，我需要写一封信给她，问一问她我的初心是什么。致敬是因为曾经的自己完好地保留了许多特质，并承继给了现在的我。尤其是当我回顾过去时，才发现自己竟然曾显露出那么多值得我一辈子都坚持的品质，可是那时候的我并没有看到这些。

没有时光机让我们与过去重逢，但是依靠曾经记录下的点点滴滴，还有那些回忆、那些经历，可以让我们重新认识一次自己。在审视自己的过程中，发现那些珍贵的品质，看见今天自己的变化，一步步寻找生命的价值所在。

正如此刻，我现在敲打下的文字，我不知道未来有一天，当我重新看到这些文字时会做何感想。也许我会一眼看出自己不够聪明，看出自己太过肤浅。也许我会感激今天自己的努力思考，因为可能这一点思考而促成未来的某一点变化。

不过，假如未来的我看到这些文字，却没有产生更多的想法，或者看得更远，那我会觉得遗憾。就好像现在我会嘲笑自己以前那股忧郁少女风，是因为我比以前走得更远，看得更多，能够看出这样一种状态下，自己的内心是怎样的窘迫与幼稚，说明今天的心境也比过去开阔了。但我会尊重我经历过的那个阶段，因为当你自己亲身检验过，你才可以足够从容地说那些我都不喜欢，才更有底气说我要改变。

向过去的自己缴械致敬，是对过往岁月里的自己表达一种敬意，是感激自己曾经笃定的坚持。但是，我更期待能够向未来的自己表达敬意，谢谢未来的自己能够保持慎思、笃行，没有走向自毁的道路，而是走在修建与悦纳自己的道路上。

树木每一年都要长一圈年轮，我们无法阻止时间的前进，正如我们无法阻止改变的发生，但我们可以让改变有意义、有价值。

人人都喜欢新鲜感，不喜欢一成不变。但有时候我们还是会害怕改变，可能是害怕未知，也可能是害怕变成自己曾经所讨厌的人。

有时候在面临一个抉择时，我会问问自己，如果选择 A 的话，那个岁月深处的小女孩会喜欢吗？会让她心生敬意吗？当我特别迷茫的时候，我就会写一封信给过去的自己。虽然我知道她永远不会收到，可是我却能够在写信的过程中，让现在的我读懂自己的内心，能够有判断力，做出跟随内心的决定。

我想，这就是最好的方式了。面对过去，是为了看清现在，选择未来。

在人群中独处，思考、反省

有一次独自一人去看电影，记得电影院里人还挺多，那部片子也正是我喜欢的。看完电影出来的人们，多是三三两两的，唯有我一个人走在人群中，似乎有点古怪，可是心里却是坦然从容的。因为有些电影，真的适合自己一个人看。不像一些剧情大片，看完后会忍不住同他人激烈地分析一番。反而是看到深处，没有特别大的悲或喜，而是心里若有所思，却又说不上，只好一直沉默思索着。有些电影实在太挑观众，如果同行的人难以有所共鸣，看完后的讨论还可能减少观影的快乐，倒不如自己一个人去看，既不被别人的评论影响，也不需要顾及别人的感受，能自己体会影片里的深意。

当我看完那场电影，走在熙熙攘攘的人群里时，我突然想起很久以前看过的一篇文章，里面有一段描写，就是一个人戴着耳机走在人海中，仿佛世间纷扰与己无关，只沉浸在音乐中。当时我也是这样的感受，好像看的那部电影就是属于我自己的，周遭的人声、笑声都像背景音乐一样，遥远而不可闻。而因为一个人，我能在人群中独自回味着影片里的片段，包括人物的神情与话语，细细思量着其中的意味深长。突然就觉得那次自己一个人去看电影真是去对了。可能从那时起，我爱上了这种独自行动。

当有朋友知道我自己一个人去看电影，或者逛街、散步时，他们都好惊讶，问我为什么要这么做，是没有人陪吗，或者问我会不会觉得好奇怪。在我看来，这是一件自然而然的事，怎么变成了一种无奈的将就呢？并不是事事都需要有人陪，我喜欢自己一个人做这些事，因为和有同伴时的感受是不一样的，也谈不上什么奇怪，反而很自在、舒服。

有一句话，相信很多人都听过，即“陪伴是最长情的告白”。陪伴固然是深情，只是人生中有些体验真的只能自己经历，有些感受只能独享。

有一年去杭州西湖玩时，就是自己一个人走的。记得还赶早起来，特地走路去附近的公交车站坐车。到了西湖边上时，还不知道往哪边走，就问了路边的志愿者。那位阿姨竟然牵着我的手带我过了马路，指明方向后还叮嘱我小心。我也就一路走走停停，看到喜欢的地方便待久些。当时也不认路，就走到了孤山，一路倒是僻静，树木茂盛。沿路看到有台阶，我便拾级而上。不想登上去后竟然看到“梅妻鹤子”林和靖之墓。古朴的石碑，不知经历了多少风雨。以前读过的诗句“疏影横斜水清浅，暗香浮动月黄昏”，在那一刻觉得真实、感人，不再仅仅是印在书本里的字。当时正是春夏之际，也没有梅花，只有芳草萋萋，风默默地吹过，我念了几次这句诗词，默默地站了一会儿便回到原路上。

湖边有几把石椅，我便干脆坐了下来。看着远处有小孩儿在嬉水，两三只水鸭在湖里悠悠地游着，午后的风轻轻吹过，湖水涟漪。也不记得当时在想什么，就静静地坐了应该有半个多小时，才起来。以前读过的诗句里有“碧玉妆成一树高，万条垂下绿丝绦”，“渭城朝雨浥轻尘，客舍青青柳色新”。从小生活的地方，柳树也不多，偶尔看到一两棵，长得也一般，想象不出那种柳树的美丽。直到看到西湖边上都是柳树，才懂真的有万条绿丝绦，一片柳色青青顿时跃然眼前，不再只是随口背诵的诗句了。我越看越喜欢，待了许久才恋恋不舍地走了。

这也许就是一个人旅行的好处。想走就走，想停就停，不用着急赶路，也不用担心同行的人是否会想走。有些好风景，在那里发个呆，便觉得人生好惬意。最美好的时光，往往就像浪费。一个人旅行，拥有的可能不仅仅是自由，还有一种淡泊、从容。

有朋友说起他一个人去旅行时，当地有一条青石路，那天还下着微微细雨。他索性脱了鞋，赤着脚，背着行囊，从头走到尾，一直走到村落旁的小山顶上。他说走那一段路，好像僧人修行，只可意会，不能言传。我想可能没有亲身经历过，所以对这样的描述没什么感觉，但这样的感动，只有当你自己去体会时，才能够懂得。这也许就是一个人旅行的魅力所在，恣意而从容，而有些体验可能仅此一次，也只能够独享。

也许我喜欢一个人做这些事情，并不是性格内向，或拒绝他人的陪伴。在我看来，有人相伴有乐趣有火花，独自一人感受也是一种乐趣。人只有在独处的时候，才能靠近自己，与自己对话。假若与其他人结伴同行，势必要与同伴多交流分享，自然也难以与自己对话。而在人群中独处，周围的一切都被自己给净化掉了，那样更能听见内心的声音。就算不了解自己的人觉得奇怪，不也挺有意思吗？当你感受到那种在人群中独处的乐趣，也许你根本就感受不到别人的眼光。

一个人吃饭，也有这样的乐趣。我有个女生朋友，喜欢吃猪脚饭，特别是那种老字号小店的，而且她还经常要多加一碗米饭。一次，她一个人又去吃，和他同桌的是三个男青年。她朝店员喊了声“加饭”，那三个还在吃着的人都抬起头来看了她一眼。后来她便坐到隔壁的空桌上，一个人“吧嗒吧嗒”就着肥美的猪脚吃完了两碗米饭。后来一说起这事，她自己笑得乐不可支，还说那三个男孩子看她时，好庆幸自己是个瘦子。她要是和朋友们去吃，个个都是大胃王，也没人去搭理她吃一碗还是两碗米饭了，自然也没有被人惊奇地盯着这样的笑话了。

这种喜欢一个人干吗、我想干吗的人，也许都是喜欢独处，特别喜欢在人群中独处。中国道家关于隐士有三层精神境界：“小隐隐于野，中隐隐于市，大隐隐于朝。”真正的隐士并不是只有在山野田园间才能寻觅到精神家园，就算在市井之中、朝野之上，也能不被世间嘈杂影响，与世无争，修为到清静幽远的心境。也许能够在人群中独处、慎思，也可以理解为一种“隐”，那也是对自我心境的修炼。

《一代宗师》里提到，学武之人的三重境界是“见自己、见天地、见众生”，想想这也是为人的境界。能够在人群中独处，也是修为“见自己”的过程。一个人吃饭、看电影、运动、旅行，在人群之中不会心生孤独，也不会因为他人的吵闹而影响自己的步伐，享受这种既在人群中又与人群疏离的感觉，在茫茫人海中与自己相处、对话、思考、反省，只有这样，才能慢慢见到自己，修炼出一种干净澄明的心境。

于时间的无涯之地

终于花了两个晚上的时间将《少年时代》看完了，这部历时12年拍摄的电影，伴随着演员们12年的光阴，看着那个呆萌小男孩长成一个有点忧郁气质的年轻人。12年的时间，浓缩在三个小时的影片里，时间好像不留痕迹地滑过，但人们容颜的变化、生活的变迁又印刻着时间悄悄走过的痕迹。

可能因为它的拍摄方式，让我觉得这好像不是一部电影，更像是影片中的少年的真实成长历程。不知为何，明知道这部影片不会出现多大的波澜起伏，不会出现什么狗血剧情，看的时候却还很紧张。想知道下一个镜头，少年会变成什么样，少年会因为做出什么选择而走向不同的人生道路。如果我有一副能够看回过去的望远镜，也是这样的感受吧，看着当年的自己在路途的分岔处抉择，是会庆幸当年的选择，还是遗憾没有选择另外一边呢？

有人说那是美国青少年的成长经历，我们难有多大的共鸣。或许文化背景的差异，让一些经历、情景难以引起我们强烈的认同感，可是成长的这种感觉，茫然、悸动、好奇、刺痛、平凡，却是相似的。我看完后，突然想起了我的少年时代。

如果我也有一个摄影机，拍摄自己的少年时代，那会是怎么样？回想了一下，似乎也没什么大事迹，平凡得和电影中的少年一样，既没有要去嘶吼叛逆的青春，也没有什么惊险的桥段，有点庸常又有点不甘地活着。或许就是这种平淡，才是大部分时候生活的本质。

我电脑里有一个游戏软件是模拟红白机，就是以前玩的小霸王里的游戏。每次有人看我玩“超级玛丽”这些游戏，都会笑我还玩这么幼稚的游戏。简单的游戏设定和粗糙的颜色搭配，丑丑的主角，却是童年里珍贵的游戏。我想，我也只是因为简单，所以用来放松心情，因为上下左右，跳起发弹，打个 BOSS 就能通关。小时候觉得很难通的关，在经历过成长后，才发现是多么简单明了的游戏，只要用对技巧，多打几次，你就赢了。比起真实的生活，那真的太容易了。

曾经朋友下了个“松鼠大作战”的无敌破解版，里面的小松鼠怎么滴血都不会丢失生命值。于是我们两人联机，没多久就把这个游戏打爆了。小时候苦苦打了 N 次，从来都见不到最大的 BOSS，现在打完了，可是却没有那种兴奋感，而是空虚。这种感觉，就是小时候渴望得到的玩具，长大后再得到时，已经没有当初的兴致了。

虽然我玩的游戏界面、打法都和以前的一样，可是始终有一种感觉，有什么东西已经改变了。匆匆走过的岁月，横亘在那些一模一样的游戏瞬间。坦克还是那只坦克，大 BOSS 还是长得那么蠢，那个打游戏的人却已经被时光雕刻了，可是我们都来不及看出当初的自己与今天的差别。我才知道我会时不时打开电脑里那个文件夹，不是因为它里面的游戏简单，而只是有些怀念打游戏的童年。

有许多人喜欢故地重游，怀念过往。我却总是不喜欢。因为在我看来，故地只有两个存留的地方，一个是回忆里，一个是随着曾经的某个时间点留在岁月里。回到故地时，已经不再是当初我们待过的那个故地。小时候走着去上学的小路，街边的店铺已经面目全非，路面都已铺上新的沥青，那些熟悉的小贩店主早已老去，只有陌生的小孩，像当年的自己一样一路嬉耍。那不再是我幼年走过的小路了，那条小路早已消失在岁月深处了。

年幼时认识的人，你以为从来都是如此，没有变化。仿佛老人就是一直那么苍老，小朋友就是一直那么稚嫩。我从来没有想过老人年轻时是什么样子，没有想过他们曾经也是一个小孩。而当你故地重游时，发现故人年华已逝，原来时间真的可以改变人，悄无声息。所有的成年人都曾经是稚嫩的孩童，只是他们的模样被岁月雕刻了。

也许这就是岁月不可回首。一回首，才发现改变太多，不敢面对。于时间的无涯之地，回忆就是岸边的小屋，停靠在那里，永恒不变。过了那个时间点，就算建造得一模一样，也不再是那个小屋了。

《少年时代》里的最后一段话，是长大的男孩遇见一个女孩，他们在落日余晖中聊起了时间。女孩说她不觉得人们是把握时间，而是时间把握我们。男孩说是的，就像现在。

她说的是 the moment seize us。Seize 是抓住的意思。也许是中英文的语言差异，我一开始并不理解这句话。

但再仔细琢磨，时间真的能抓住吗？我们以为把握了时间，就能抓住时间吗？不，不能，我们只能任其流逝，我们只是其中的一分子。如果回忆是河岸边的小屋，我们就如同穿行在时间之河的小舟，被流水带着走，往前走，不能回头。

也许时间从来没有变更，改变的只是穿行在其中的我们。张爱玲说，于时间的无涯的荒野里，不早不晚地遇见你要遇见的人。读来有种苍凉之气，也许就是时间的苍凉。就像是现在，你读到这句话的这一瞬间，也是在流逝的瞬间。

对于时间，并非拥有就是失去的开始，而仅仅是路过和参与。从未拥有，我们就已经在失去。失去这当下的时间，失去这一瞬间的微妙心境。

《少年时代》的导演理查德·林克莱特用了 12 年，仅仅是为了拍一个人的成长吗？我想，不是的，他可能是想说时间、说变化。正如他用了两个 9 年拍出了爱的三步曲。每隔 9 年拍一次故事的延续，中间的阶段我们不得而知，但在每 9 年一次的重逢中，我们看到了人物的变化和一直都存在的爱。《少年时代》里每一年的间隔，从来没有点明，你看到的只是少年每年成长中的一小段故事，而你又真真实实地看到了他的变化，那时间流水的痕迹。

也许这种苍凉感，是时间独有的属性。不是悲伤，也不是无奈，它一直如此，我们只是其中的小舟，没得反驳，也无须反驳。走在时间的无涯之地，我们经历人生的各个阶段。从一个懵懂的小孩，初懂生活的无奈，长成一个青涩的年轻人，寻找所爱，寻找这一生的答案。

电影里母亲在儿子要去上大学时带泪的一番话，听来尤为动容。也许这是大多数人生的真实写照。坚强的单亲母亲抚养孩子长大，教育他们，自己坚持读书，找到更好的工作，也经历了再婚的甜蜜与辛酸。等到孩子们上大学时，突然感到自己人生的荒凉，好像一切都要结束了，辛苦奋斗的理由要结束了，接下来是等待退休与老去了吗？本来还以为自己可以再做点什么不一样的事，现在才发现好像也没做出点什么，人就已走向苍老。

不知道这个听着母亲哭诉的少年，是不是终将有一天也会有这样的感叹？我们终其一生都在寻找人生的答案，不断地追问自己我是谁，我从哪里来，我要去哪里。可是，也许答案永远不会清楚。我们一直沿着时间的长河往前走，心想答案应该在前面。走着走着，才发现前面根本就没有答案。也许这个追寻的本身，便是答案所在。

于时间的无涯之地，从来没有太早或太晚，因为它一直就这么静静地流淌着，载着一只只小舟，荒芜又苍凉。没有起始，也没有终止，亘古不变地存在着，只有小舟在不断地行驶，被时间的河水冲刷了轮廓，改变了模样。我们抓不住时间，也阻止不了改变，是时间抓着我们，带着我们不断前行、变化。

你终究要自己走过那条马路

过一条马路到对面并不难，走过去就可以了。但是有些人，为了过马路，可能要走很长的一段路，绕过很多弯路，才能够到达马路对面。

One

王家卫的电影《蓝莓之夜》讲了一个这样的故事：

女孩伊丽莎白知道男友另有新欢后，气愤地将男友公寓的钥匙留在了一家餐馆。但是男友并没有来取钥匙，伊丽莎白很难过，也因此结识了餐馆的老板杰瑞米。

慢慢地，伊丽莎白习惯于每天来餐馆吃掉那一盘总是没人点的蓝莓派，听杰瑞米聊天，讲述那一串串被遗留在餐馆的钥匙的故事。那天喝醉了酒，看着餐馆里的录影带，伊丽莎白哭着将头埋进了肩膀。哭完后她又吃完了一大盘蓝莓派，然后趴在吧台睡着了。杰瑞米收拾吧台时，看到伊丽莎白的嘴角还留着甜点，他弯腰低下头，悄悄地亲了她。

第二天晚上，伊丽莎白又来到男友的公寓楼下等着。这一次她看到男友和新欢在亲吻，她浑身颤抖，止不住地落泪。她发现自己无法同这个她舍不得离开的人说再见，她无法走到对面，于是她决定离开，走一条最远的路，去和他告别，和这场感情告别。

临行前，伊丽莎白来到杰瑞米的餐馆，打开了门，然后关上，转身走了。因为她知道，如果她进去了，那她就还是原来的那个伊丽莎白，没有任何改变，她不希望还是这样。

伊丽莎白选择了横跨美国，她不停地打工，赚到钱就换到另一个城市，不定期地写信给杰瑞米。在旅途上，她遇见一个深爱妻子却遭抛弃的警察，看着他们一个爱得那么深，另一个却要拼命挣脱这份爱。也许他们从来没有能够摆脱这份爱，越逃离却只会陷得越深。伊丽莎白还遇见一个擅长赌博的女孩，陪着她经历丧父之痛，与她结伴而行。那个女孩告诉伊丽莎白不能相信任何人，教她怎么看穿别人，然而伊丽莎白学不会，她依然很容易相信别人。

影片前面她曾问杰瑞米为什么蓝莓派没人要，是不是因为蓝莓派有什么问题？但杰瑞米告诉她蓝莓派没问题，只是客人点了其他的。那时候伊丽莎白刚失恋，她还纠结在是不是自己做错了什么的困惑中。但当她看过许多风景后，开着车驰骋在黄昏的高速路上，背景台词是她写给杰瑞米的话。我非常喜欢里面的一段话：“有时候，我们以他人为镜，来界定自己，认识自我，每个反射的影子都令我们更喜欢自己。”看到这里，我觉得伊丽莎白已经成长了，她也已经走出失恋的阴影。

最后她回到原来的城市，再一次站在前男友的公寓楼下，看到公寓窗口写着招租。她轻轻地笑了，用了一年的时间，走过了整个美国，才终于能够走到这里，穿过马路到对面。但是，似乎也不需要和那个人说再见了，伊丽莎白已经和过去的自己说了再见。

她转身走向街角的另一边，来到那家有着最好吃的蓝莓派的餐馆，杰瑞米正坐在门口等着她。

那条马路，你终究是要走过去的，只是看你怎么走过去。在伊丽莎白决定离开的那个夜晚，她想的是如何让自己能够有勇气过马路，走到对面和前男友说再见。但当她回来时，她发现她要过的并不是这条通往公寓的马路，而是到达杰瑞米餐馆的马路。

情愫早已在他偷吻她的那个夜晚种下，可是她没有选择马上投入他温暖的怀抱。伊丽莎白选择了用更长的路，用更多的时间，先治愈自己。

马路对面的人是谁，决定了你会不会走过去。伊丽莎白横跨美国的那条路途，不仅是向旧爱告别，更是为了走向新的人生。在旅途中，遇见各种各样的人，听到每个或凄美或感伤的故事，看见每一处不一样的风景，更重要的是，越来越喜欢自己，在旅途中逐渐成长。

有人说，一个人一辈子一定要自己去旅行一次，可能就是这个道理。

对于伊丽莎白来说，想要走过马路到对面，需要的是走出旧爱的创伤，治愈自己的内心，有勇气去面对下一趟旅程。

每个人一生中都有很多次需要走过马路到对面的经历，需要知道为什么要过马路，对面有什么在等待着你。

Two

在我十六七岁时，我在走路时不小心摔到手臂。手骨折了，休养了一两个月就好了。但是那件事情却给我的内心造成很大的冲击，我花了很长时间才走出来，才过了马路到对面。

我记得当时摔到手臂时是在中午。我只听到“咔嚓”一声，扭头一看，自己的手臂以畸形的形状耷拉着，没有知觉。那是我长那么大第一次见到手臂骨折的样子，当时我应该有几分钟都没有说话，任由身边的人扯着我去了医院。

受伤后，我有很长一段时间一直在思考一个问题，如果我那天不是摔断手臂，而是遇到其他不可以挽回的意外，那怎么办？

当时我正在准备期中考试和演讲比赛，而在那个周末我答应和同学一起去打羽毛球，不仅如此，还有很多件我每天都在做的事情。可是因为受伤，这些事情都被搁置了。可是假如不仅是受伤，那这些事情如果完成不了，怎么办？我当时意识到一个问题，原来答应了的事情也会做不到的。一个意外，就可以将一切毁掉。

后来，有人跟我说了一句话，“承诺是因为不确定”。因为知道难以实现，所以只好许下承诺，仿佛有了承诺就有了保证一样。殊不知正是因为不确定，所以我们需要有承诺，告诉自己要相信。

而且我陷入另一个更为沉重的思索中，假如生命这么无常，一场意外就可以摧毁你原来建立的东西，那人生岂不是一场虚无？我们那么努力地活着，奋斗着，却可能被命运打击成一场空。那我们为什么还要努力呢？

在我的手臂恢复后的很长一段时间里，我总是在思考这些问题。当时我只是一名普通的高中生，没有人来告诉我这些问题的答案，也不知道去问谁，同龄人也没有人在思考这些。我的高中时期，因为这些问题带来的困惑与绝望，过得并不轻松快乐。现在回头看，那几年的色调可以说是灰暗的。

当我的同学站在教室走廊背着英语单词，做着数学题时，我却老是在发呆，思考生与死的问题。当大家为了争取考个更好的成绩而努力学习时，我却觉得这些事情没有意义，也没有兴趣去做。

于是，我就自顾自地去看了各种各样的书。我没有想在书本里找到答案，只是把看书当作逃离那种让我觉得毫无希望的生活，以为把自己浸在文字里，就可以当作现实的世界不存在。

当时影响比较大的可能是《飘》。也许很多人记得斯嘉丽的那一句“明天又是新的一天”。可我当时的读书笔记里记着的是另外一句，“没有希望也就不会有失望”。不过斯嘉丽那种生机勃勃，永远在奋斗，不畏惧失败的生活态度，依然感动了我。她拥有非常顽强的生命力，即使不知道未来是什么，也坚持要活得轰烈和精彩，对想要的东西从来都是全力以赴。当时年少的我认为，这样的人真的是有魅力的，会不自自主地希望自己也拥有这样的气质。

书本的力量是强大的。如果生活中有一个人像斯嘉丽这样，我可能就是知道而已，而不会真正被感动。可是在书里，不仅作者在塑造这个人物，书里面其他人物，如瑞德、媚兰、维希礼等，他们都不止一次地表达了对斯嘉丽这种生命力的欣赏与尊敬。自然而然地，我也被带进那个世界里，也被斯嘉丽影响了。

我没有像《蓝莓之夜》的伊丽莎白一样，选择出发，走一条最远的路去治愈自己，我依然像以前一样生活着，只是我思考的事情有所变化。或许就是这个问题一直存在我脑海里，让我在生活里一直带着这个问题，从而不断地积累了解答的条件。

虽然我一直没有找到一个关键性的事件，来解释是什么促成了我的转弯。但最近，在重新回顾过去时，我发现也许治愈自己的那个东西叫时间。

在时间的流逝中，我们跟着它前行、成长。而在这段路途中，你可能看了一些书，听到了一些故事，认识了一些人。有人觉得只有旅行才能让我们遇见陌生的风景和陌生的人，但是实际上，在人生的成长路途中，每一天都可以遇到陌生的风景和陌生人，只是你有没有抱着一颗旅者的心去感受、去体会。

而正是在时间的缓慢又迅速的积累中，那些表达过你生命的文字、故事、话语，日积月累，积少成多，从量变到质变，促成了某一天的醍醐灌顶。

我们常常以为改变是一瞬间的事，其实改变是一个漫长的过程，漫长到我们常常不知道它从什么时候开始，什么时候实现。

我记得，似乎是在读大学的某个时期，可能是个很不经意的下午，可能我刚巧听到一句什么话。那次我意识到就算人生无常，意外可能会毁掉原来建立的东西，但是我也要认真向上地去过每一天。因为只有这样才是珍惜，就算一切终将消失，你也会留下在这个世界曾经走过的痕迹，不然就真的是一无所有了。只有你热爱你的生活，不辜负每天的阳光，不辜负每日的自己，才算拥有，才算拥有时间，拥有青春，拥有你独一无二的人生。

至于人生是不是一场虚无，以我现在的年龄和见识，根本没有资格可以回答这个问题。既然如此，就让时间慢慢告诉我们答案吧。

其实我转弯得出来的这个答案，也并没有多么立意深远。我却花了好几年的时间才懂得。我想，就算那时候有人告诉我这样的答案，我也不会接受。因为时候未到，当时的经历和见识并不能支撑自己去理解和相信，而我也没有足够的时间去化解当时承受的巨大困惑和绝望。

每个人过马路的方式都是不一样的。每个人要过的马路都是不同的。马路对面有什么在等着我们，有时早已知晓，有时却要过去了才知道。

我相信的是，只要你不放弃寻求那个答案，你终究会走到马路对面的。但是，也许花费的时间，付出的代价，都不在我们的计划之内。

有的人可能走了很长一段路，才突然想起，自己有一条马路要过去，于是他会走回去。而像我，走了很久，迷失了方向，有一天才发现我已经走到马路对面了。

也许这就是生活中有趣的地方，未知而多样化。

我们终究会以自己独有的方式去过马路，走过生活中失意的阴影，看淡命运里的波澜，治愈自己曾经的创伤，认识更完整的自己，在走过之后成就更好的自己。

Three

大学时选修过心理课，老师让我们每个人画出自己的心灵之树。当时老师和我说，你的树上有疤，你的心理有过创伤，不过还好。

其实我开始画时，并没有那几个圈圈。只是在要交上去前，我突然发现这树干不应该这么光滑，还应该有点岁月的痕迹。因为它不是一棵小树，而是一棵强壮的有生命力的树，于是，我就给它画上几圈疤。

树木稚嫩的时候，可以是光洁的，但如果要成长，要强大，必须经历风霜雨雪的洗礼，经历过创伤才得以强健，才能抗击变强大后带来的更大的困难。以前听人说，一棵树最坚强的地方是它的伤疤。人亦是如此。

当你能够走过那条马路，当你治好自己的那个伤疤，下一次你就不容易被同样的困难打倒。虽然你可能还要过更难通过的马路，但是你的战斗力已经在前一战中升级了。

我们终究要在自己走过马路的征程中，一步步治愈自己，成就自己，与自己达成和解。

我有个朋友，从青春期开始就难以与他的父母沟通，难以互相理解。他们不是不爱对方，而是总想以自己的意愿让对方听从自己的意见，试图改变对方。这也许是我们所有人在对待与自己亲密的人时都很容易犯的错误。这位朋友长年与他父母不和，裂痕也越来越大。他也知道自己有创伤，要学会慢慢与父母和解，也是与自己和解，可是这条路漫长得望不见尽头，让他有时都想放弃。

我不禁想起了我曾经走过的那些路口，似乎从一开始我也不知道要怎么走过去。就像伊丽莎白选择了打工旅行时，也没有想过需要花上一年的时间，也不知道最终会走到什么程度。

但只要你有想要解答那个问题的欲望，终究会自己走过那条马路。谁也不能确定要多久，但时间可能是治愈你最好的那条路。

我们经常会犯一个错误，当发现了问题之后，就迫不及待地想要得到答案。如果在解答的过程中，遇到看上去和答案不相关的东西，我们便会以为没用，就会随手丢掉。我们容易对亲近的人失去耐心，也常常对自己失去耐心。我们对治愈自己要有耐性，等自己慢慢走出。不能一看到有路口要过，就等不及，就想立马冲过去。如果不能，便误以为此路不通。

有时候我们不仅缺乏过马路的勇气，也缺乏等待绿灯亮起的勇气。而那些随手丢掉的无用之物，那些等待的时光，其实是过马路前的铺垫。

每当面临要过马路的抉择时，我都会先想清楚我的问题。有时我知道我能用什么方法到达马路对面，但也有不知道的时候。不论怎样，带着那种想要寻找答案的心情上路，你的所见、所听、所悟都可能会是解开谜底的钥匙。而唯有时间，能给我需要的积累。可能是学识，可能是经历，可能仅仅就是时间。

在治愈自己的旅程中，从来都没有标准答案，也没有任何承诺。你所需要做的，就是毅然决然地前进。念念不忘，必有回响。这句话说得真的在理。当时间到了，积累到了，问题就会迎刃而解了。

而且，终究是要靠自己走过那条马路的，没有谁可以替代你走过。要想治愈自己，最好的人依然是你自己，最好的良药是时间。

图书在版编目（CIP）数据

愿你能做自己，并坦然欢喜 / 苏小扬著 .—北京：九州出版社，2015.12（2016.5 重印）

ISBN 978-7-5108-4123-1

Ⅰ. ①愿… Ⅱ. ①苏… Ⅲ. ①随笔—作品集—中国—当代 Ⅳ. ① I267.1

中国版本图书馆 CIP 数据核字（2015）第 322387 号

愿你能做自己，并坦然欢喜

作　　者　苏小扬　著
出版发行　九州出版社
地　　址　北京市西城区阜外大街甲 35 号（100037）
发行电话　（010）68992190/3/5/6
网　　址　www.jiuzhoupress.com
电子信箱　jiuzhou@jiuzhoupress.com
印　　刷　北京盛通印刷股份有限公司
开　　本　880 毫米 ×1230 毫米　32 开
印　　张　8.5
字　　数　163 千字
版　　次　2016 年 3 月第 1 版
印　　次　2016 年 5 月第 3 次印刷
书　　号　ISBN 978-7-5108-4123-1
定　　价　38.00 元
